司馬遼太郎を読む

中村稔

青土社

司馬遼太郎を読む

『坂の上の雲』と吉村昭『海の史劇』

ロジェストヴェンスキー大航海

ロジェストヴェンスキーは申し上げるまでもなく、いわゆるバルチック艦隊の司令長官です。日露戦争にさいし、帝政ロシアが編成した第二太平洋艦隊と旅順陥落後に編成された第三太平洋艦隊とをあわせてふつうバルチック艦隊と呼びます。第二太平洋艦隊には本隊と本隊から遅れて出航した支隊があり、吃水の浅い艦艇からなる支隊は地中海からスエズ運河経由、インド洋のマダガスカル島のノーシベー湾で本隊と合流し、同じく吃水の浅い第三太平洋艦隊もスエズ運河経由、インドシナ半島、現在のヴェトナムのサイゴン（ホーチミン市）北方のカムラン湾で第二太平洋艦隊と合流しました。ロジェストヴェンスキーはバルチック艦隊の主力である第二太平洋艦隊の本隊を率いて、バルト海の軍港クロンシュタットからドーヴァー海峡を越え、アフリカ大陸の西を南下して喜望峰を廻り、インド洋に出て、マダガスカル島に寄港し、インド洋を越えて、マラッカ海峡からシンガポール沖を通過、南シナ海に入り、カムラン湾を最後の寄航地として、対馬海峡を越え、待ち構えていた日本海軍と日本海海戦に臨み、完敗し、開戦早々に不幸にして負傷して日本海軍の捕虜となった、提督、海軍中将です。このロジェストヴェンスキー大航海は地図を見ただけでも驚くべき大航海ですが、約一万八千海里、一海里は約一・八五キロメートルですから、三万三千三百キロメートルの距離を大小三十数隻の戦艦、巡洋艦その他の艦隻を率いてともかくつつがなく日本海海戦に臨んだのですから、それだけでも驚嘆すべき偉業ですが、この大航海と引き続く日本海海戦を題材にした小説が二つあります。

一つは司馬遼太郎さんの代表作の一つである『坂の上の雲』ですし、もう一つは吉村昭さんの『海の史劇』という作品です。いうまでもなく、『坂の上の雲』ではロジェストヴェンスキー大航海と日本海海戦はその長篇小説の巻末に近い一部にすぎませんし、『海の史劇』は全巻、これに充てられているので、直接これらの作品を比較するのは適当ではないかもしれませんが、こうした違いにかかわらず、同じ題材を違う作者が書くとこれほど作者の個性の違いが現れるのか、ということはじつに興味ふかいのです。これから、私が感じている興味についてお話し申し上げたいと存じます。なお、司馬さんは「ロジェストウェンスキー」と表記し、吉村さんは「ロジェストヴェンスキー」と表記していますので、作品の引用は別として、私は「ロジェストヴェンスキー」とよぶことにします。これは私がそう言いなれているからで、他意があるわけではありません。

＊

はじめにお断りしておきますが、『坂の上の雲』は一九六八年（昭和四三年）四月から七二年（四七年）八月まで連載された作品ですし、『海の史劇』は一九七〇年（昭和四五年）十二月から七一年（四六年）九月まで連載された作品ですから、二人はほぼ同じ時期にこれらの作品を執筆していたのです。それだけに二人はそれぞれお互いに書いていることもご存知なかったかもしれませんし、ご存知であったとしても、相手の作品はお読みにならなかっただろうと思います。なまじ相手の作品を読んで自分の作品が影響されることは避けたに違いない。それ故、これらの作品では、もちろん互いに影響を受けたということはない。ただ、『坂の上の雲』は司馬さんの作品として広く知られていますが、『海の史劇』は吉村さんの作品の中で、そう広く知られた作品ではありません。吉村さんの代表作と評価される作品は他にいくらもあるはずです。しかし、私は二つの作品の優劣をお話ししようというつもりはありません。同じ歴史上の題材を優れた二人の文学者がどのように処理して小説化したか、その違いを申し上げたいと思っているのです。

＊

この二人の作品を比較して、目立つ特徴がいくつかありますが、第一に私が気づくことは、『坂の上の雲』には何故日本とロシアの間で戦争をしなければならなかった、が書かれているのに反し、『海の史劇』では何故この戦争がおこったかについてはまるで書かれていないということです。もちろん『坂の上の雲』は秋山好古、真之兄弟と、それに加えて、正岡子規を軸として、明治初期から日本海海戦にいたる時期までを描いた歴史小説ですから、何故日本とロシアが戦わなければならなかったか、を書くのは当然です。司馬さんはこう書いています。

「日露戦争をおこしたエネルギーは歴史そのものであるとしても、その歴史のこの当時のこの局面での運転者のひとりが、ニコライ二世であった」、また、「どちらがおこしたか、という設問はあまり科学的ではない。しかし、強いてこの戦争の戦争責任者を四捨五入してきめるとすれば、ロシアが八分、日本が二分である。そのロシアの八分のうちほとんどはニコライ二世が負う。この皇帝の性格、判断力が、この大きなわざわいをまねいた責任を負わなければならない」。

このロシアが八分、日本が二分という思い切りのいい歴史の割り切り方が司馬史観といわれるものであろうと思いますし、これが、司馬さんの作品の魅力であることは間違いないと思います。

日露両国が国交断絶し、開戦に至る直前に、日本とロシアとの間で最後の外交交渉が行われます。司馬さんの文章を引用します。

日本政府がロシアに対して、開戦の肚を秘めつつ最後的交渉をはじめたのは、明治三十六年の夏である。

ロシアに対する協商案を六月二十三日の御前会議できめ、八月十二日、ペテルブルグにいる栗野《くりの》慎一郎公使の手をへてロシア政府に提出した。

協商案の主眼は、

「清韓両帝国の独立および領土保全を尊重すること」

「ロシアは韓国における日本の優勢なる利益を承認すること。そのかわり日本はロシアの満州における鉄道経営の特殊利益を承認すること」

といったもので、要するに日本は朝鮮に権益をもつ、ロシアは満州に権益をもて、而《しか》してたがいに侵しあわない、というものであった。

日本が朝鮮にこれほど固執しているというのは、歴史の段階がすぎたこんにち、どうにも理不尽で、見様によっては滑稽にすらみえる。


司馬さんはこう書いていますが、実際問題として、朝鮮がロシアに併呑《へいどん》されれば、次は日本がロシアに併呑されるだろう、という恐怖心は日露戦争以前から日本人の多くが抱いていたもののようです。

この日本の協商案を帝政ロシアは黙殺して「朝鮮の北緯三十九度以北を中立地帯にしたい」と回答した、つまり、既成事実として、満州はすでに奪っている、あとは朝鮮の平壌―元山から以北をロシアの勢力下におく、「露骨にいえば朝鮮の北半分はほしい」、というのです。

肝心の中国、朝鮮を無視して、勝手にこんな交渉をするのが、帝国主義時代には当たり前だったのでしょうが、それにしても、中国、朝鮮の人々を考えるといまではただ恥ずかしいとしか、言いようがありません。こうして、日露交渉は決裂して日本はロシアと国交断絶、戦争に踏み切るわけですが、吉村昭さんが、『海の史劇』で、何故、日露戦争がはじまったか、にはまったくふれていないことは、前に申したとおりです。旅順艦隊と合同して日本と朝鮮、満州、中国の間によこたわる海洋を支配下におくことによって、満州の日本軍を孤立させるのが、ロジェストヴェンスキー大航海の目的であったことは吉村さんも書いていますが、これは戦略の問題で、何故、ロシアと日本の間で戦争をしなければならなかったか、については吉村さんは書いていないのです。このことは日露戦争の戦後処理の問題にも関係しますので、ちょっと憶えておいていただきたいと存じます。

*

ところで、ロジェストヴェンスキー大航海の偉大さは三十数隻の軍艦がバルト海のクロンシュタット軍港からカムラン湾に達し、カムラン湾から対馬海峡にいたる距離の長さもさることながら、一年の半ばを雪と氷にとざされた北国で暮している乗組員にとっては赤道をこえてゆく大航海における酷暑と湿気との戦いも壮絶をきわめたのです。ただ、それにもまして重大なことはこれだけの大航海には、石炭、食糧、飲料水などをロシアからあらかじめ積み込んではいけない、どうしても途中で補給しなければならない、という大事業を解決しなければならなかったのです。

そのために当然、ロジェストヴェンスキーも手を打っている。ドイツの会社と契約して途上の港で積みこむ契約をしていました。この石炭の積込み問題に関連してこれらの作品を比較するのにじつに適切と思われるのがダカール港におけるエピソードであろうと思いますので、これをご紹介させていただきます。

ダカールは西アフリカ、セネガル共和国の首都ですが、当時はフランスの植民地でした。フランスとロシアは同盟国でしたので、ここで、石炭を積込むことになっていました。そこで、十一月十二日午前八時、艦隊がダカールに入港すると、役人は同港での石炭積載を許可した。そこで積込みを開始した。ところが、吉村さんによると、

その直後、ダカール駐在のフランス人知事が、ロジェストヴェンスキー中将を訪れてきて意外な申し出をした。

「貴艦隊が、当湾内で石炭積込みをおこなうことは、中立国であるフランスが中立違反に問われるおそれがある。ダカール知事として、私は貴艦隊に当港を出港して遠くの港で積込みをおこなうことを命ずる」

と、知事は、きびしい口調で言った。

ロジェストヴェンスキー中将は、この申し出に承服せず、ロシア本国政府に対して事情を報告し、

「今後、友好国ノフランス領港内デ自由ニ石炭積載ノデキルヨウ、フランス政府ニ交渉サレタシ。モシソレガ不可能ナラバ、艦隊ノ東洋ヘノ回航ハ不可能ナリ」

と、訴えた。

ということです。その上でフランス人知事の申し出を無視し、酷暑の中で凄絶な石炭積込み作業を継続する。フランス人知事は、港内での石炭積込みを禁止せよ、という本国からの命令を受けて、ふたたび積込みの中止を勧告し、ついにはロシア本国の海軍大臣から、ロジェストヴェンスキーに対して無線電信で、

フランスガ同国植民地ノ港内デロシア艦隊ニ石炭積込ミノ実施ヲ許可シタ行為ハ中立国違反デアルトシテ、日本政府ハ、フランス政府ニ対シテ厳重ナ抗議ヲ発シタ。ソノタメ今後フランス植民地港内デノ石炭積込ミハ行ワヌヨウ命ズ

という指示が届くことになるのです。

このエピソードは司馬さんも記述していますが、たとえば、ロシア本国政府とロジェストヴェンスキーとの往復の電信には触れていません。ところで、吉村さんは、このエピソードの背景にはまったく触れていませんが、司馬さんはむしろ、背景に多くの筆を費やしています。以下が、

司馬さんの『坂の上の雲』における説明です。

このダカール港はフランスの植民地であることはすでにのべた。フランスは同盟国であったが、日本の英国におけるがごとき忠実な友人ではなさそうであった。かつてはそうであった。開戦前後もそうであった。が、開戦後時間が経つにつれ、態度がつめたくなってきているのである。あきらかに、満州の野におけるロシア陸軍の連戦連敗が、フランスの態度を冷たくしたようであった。

かといって、フランスが日本に好意を示すということはない。フランス外交における日本の存在など、歯牙《しが》にかけるにもあたいしない。フランスは、日本の勝利が重なるにつれ、日本の同盟国であるイギリスに遠慮をしはじめたのである。

また、司馬さんは「わが艦隊に対するフランスのあしらいは、まるで破産した親類に対するような態度」だというノビコフ・ブリボイの文章を引用した上で、

元来が、フランス外務省は、同盟国であるロシアが欧露を空《から》にして極東に陸海軍の大軍を送りすぎていることに不快の念をもっていた。

仏は、対英戦にとうてい自信はないのだが、その露が、極東で国軍をあげて日本と死闘しているのは、仏としてはどう考えても自国にうま味のないことなので ある。しかも満州でロシア軍は敗けつつある。仏としては同盟国の露が世界にその弱さを曝《さら》け出すことは、とりもなおさず、自国の発言権が急落したことになる。

英は、それを知っている。英が、バルチック艦隊を妨害するのは、日本へのよしみがある以上に、仏への恫喝であった。

こうした国際政治の荒波に揉まれ、翻弄されながら、ロジェストヴェンスキーはその航海を続けたのです。このような背景からロジェストヴェンスキー大航海を意味づけることが司馬史観といわれるものでしょうし、これが『坂の上の雲』の興趣であることは間違いありません。だからといって、私は吉村昭さんを貶めるつもりはつゆほどもないのです。これは吉村さんの小説作法であり、客観的に事実を読者に提示して、なまじの解釈を加えない。事実をして歴史を語らせる、ということが吉村さんの信条であった、と考えています。だからこそ、『海の史劇』には、司馬さんが省いてしまった、ロシア本国政府とロジェストヴェンスキーとの往復の電信まで書き込んで、ロジェストヴェンスキーのおかれた辛い立場を描いているのだと思います。

＊

ロジェストヴェンスキーについては、『坂の上の雲』では司馬さんはかなり詳しく彼の人物像を描いています。たとえば、まず、こう書いています。

バルチック艦隊の司令長官であるロジェストウェンスキー少将は、どちらかといえば日本の陸軍大臣寺内正毅に似ているであろう。

創造力がなく、創造をしようとする頭もなかった。事務家で、事務にやかましく、全能力をあげて物事の整頓につとめ、規律をよろこび、部下の不規律を発見したがる衝動のつよさは異常で、双方とも一軍の将というより天性の憲兵であった。さらに双方とも、その身分と位置は他のたれよりも安泰であった。なぜなら、ロジェストウェンスキーは皇帝ニコライ二世の寵臣であり、寺内正毅は山県有朋を頂点とする長州閥の事務局長的な存在であった。

ロジェストウェンスキーは元来が侍従武官であり、荘重さとチリ一つない環境について異常な執着をもつこの人物はこの種の儀典職にはうってつけであった。かれはボーイ長のような職業性格をもっていた。皇帝ニコライ二世は、

「かれはロシアがもったもっとも有能な提督である」

とおもいこんでいたが、かれの部下たちはひそかながらそうは思っていなかった。

「あれは愚物だ」

と見ぬいたのは、ロシアの開明的政治家ウィッテ伯爵であったらしい。

「どうすれば、日本をこらしめることができるか」

ということを、当然ながら皇帝はかれにきいた。かれは第二太平洋艦隊の編制とその極東への大回航を具体化した。

「それによって日本海軍を海底に沈め、満州の大山を孤立させます」

という戦略である。その艦隊が勝てるか勝てないかの論議はしなかった。皇帝の海軍が負けるなどということを言うことは皇帝への不敬であり、宮廷の儀礼に反した。第一、ロジェストウェンスキーは、その艦隊が、日本艦隊をのこらず海底へたたき沈めるであろうとおもっていた。

なぜ思っていたかといえば、かれの性格とかかわりがあるかもしれない。しかし何よりもかれが一度も実戦を経験したことのない軍令部長（信じられないことだが）であるからであった。さらにいま一つ信じられないことは、かれの海軍歴は陸上勤務がほとんどで、艦隊勤務というものにはまるでといっていいほどに経験がない。かれはただ皇帝の官僚にふさわしいスマートさと、宮廷遊泳術《ゆうえいじゅつ》によって海軍軍令部長にまでなったのである。

これ以上、ロジェストヴェンスキーに対する司馬さんの人物評価の引用は差し控えますが、吉村さんはこのような評価はまったく記述していません。ただ、司馬さんは帝政ロシア末期の政治の退廃の象徴ともいうべき人事によって、ロジェストヴェンスキーが第二太平洋艦隊の司令長官に任命されたことを記述しているので、司馬さんとしては、どうしても書かなければならない背景であり、これもいわば司馬史観の一環であったわけです。吉村さんは、こういうことに関心をもっていなかったのでしょう。

吉村さんによると、ロジェストヴェンスキー提督は決して無能な提督ではありません。この大航海の途中で、旅順の陥落、ロシア旅順艦隊の壊滅という通知に接します。このさい、ロシア政府はネボガトフ少将指揮による第三太平洋艦隊を編成して第二太平洋艦隊に合流させ、その合流した巨大な戦力によって、日本海軍を壊滅させるという方針を採ることにして、第三太平洋艦隊を出航させます。こうした方針に対してロジェストヴェンスキーは反対なのです。吉村さんはこう書いています。

ロジェストヴェンスキー中将は、旅順のロシア艦隊の全滅を知った時、すぐに一つの判断をくだしていた。それは、一刻も早く日本の近海に到着しようという強い決意だった。かれは、状況を確実にみきわめるすぐれた提督だった。日本の艦隊は、旅順港の閉塞《へいそく》につとめると同時に、多くの海戦に参加して疲れきっている。艦艇は故障個所も多く、戦闘行動にたえられないものになっているにちがいなかった。

かれには、日本海軍首脳部のあせりが眼にみえるようだった。かれらは、ロシア第二太平洋艦隊の来航におびえている。七隻の戦艦群を主力としたロシア艦隊は、かれらにとって大きな脅威と感じられているはずだった。

かれらは、旅順艦隊の全滅によって海上に散る艦艇を集め、急いで造船所に送りこんでいるにちがいない。しかし、日本の海軍工廠の工事能力は、ロシアの海軍工廠のそれよりもはるかに低い。ロシアでは戦艦も建造できるが、日本では巡洋艦以下の艦艇しか作る力がない。それでもかれらは、必死になって艦艇の修理につとめるだろうが、それにはかなりの日数を必要とするはずだった。

ロジェストヴェンスキー中将はその虚をつくべきだと思った。

ロジェストヴェンスキー中将は、勝利をおさめるためには、一日も早くノーシベー湾を出て前進することだと思った。艦隊を休息させ石炭を補給する日数を考えた末、おそくとも一月十四日には出港しなければならぬと思った。

司馬さんによると、旅順艦隊の全滅の報に接して、ロジェストヴェンスキーは「戦いの前途について希望をうしない、──どうすべきか。ということを本国に対して訓令をもとめていた」ということです。

ノーシベー湾というのはインド洋のマダガスカル島の港です。酷暑、高湿度の乗組員にはひどく辛い土地でした。吉村さんが書いている、ロジェストヴェンスキーの作戦、つまり、一日も早く出航して修理の終わらない日本海軍をたたくという作戦がロシア海軍が採るべき作戦であったようにみえます。しかし、司馬さんによると、ネボガトフ少将指揮による第三太平洋艦隊は「浮かぶアイロン」と水兵たちが悪口をたたいたという老朽艦《ろうきゅうかん》ばかりで、これはロジェストヴェンスキーにとっては「失望以外の何物でもなかった。老朽艦にきてもらっても艦隊運動にさしつかえるばかりで戦力にはなりにくいというのがロジェストウェンスキーの心境であった」と司馬さんは書いています。しかし、第二太平洋艦隊だけでは日本艦隊を撃滅するのに不安だ、という意見をもつニコライ二世とロジェストヴェンスキーとの意見が交換され、結局は、妥協の結果、第二太平洋艦隊はノーシベー湾を出航し、東洋で、後に判明することですが、カムラン湾でネボガトフ少将指揮による第三太平洋艦隊と合流することになります。

このマダガスカル島にとどまって、ネボガトフ少将指揮による第三太平洋艦隊の到着を待っていた時期、吉村さんは「ロジェストヴェンスキー中将の作戦計画としては、日本近海に赴いて全速力でウラジオストックに突進する。そして、ウラジオストックを根拠地として作戦行動をとる予定であった。ネボガトフ艦隊は故障艦も多く、そのため速度をあげることもできないだろう。ウラジオストックに突入する艦隊にとってこのような低速のネボガトフ艦隊は却《かえ》って足手まといになる。このような説明を述べた後、「陛下よ、ネボガトフ艦隊が故障もなく到着するという保証がありますなら、私に合流せよとお命じ下さい。またその確証がないようでありますなら、私に前進することをお許し下さい」とニコライ二世に懇願した」。しかし、ニコライ二世からあくまでも合流するように命じられた、と書いています。

司馬さんも、同じくマダガスカル島にとどまっていた間、ロジェストヴェンスキーとポリトゥスキーという技師との会話を紹介し、ロジェストヴェンスキーがポリトゥスキーから旅順艦隊の戦艦ツェザレウィッチに「最大の砲弾である十二インチ砲弾が十五弾も命中しているのに、一弾といえどもツェザレウィッチの主装甲を貫徹していない」と聞いたと書いています。司馬さんによれば、

「ロシアの装甲弾はどうだ」

とは、ロジェストウェンスキーは問わない。積極的な攻撃精神のもちぬしなら、当然それをきくべきであった。ロシアの装甲弾なら三笠を串刺《くしざ》しできるか、と。

が、ロジェストウェンスキーの満足は、ロシア戦艦の装甲の防御力にある。

このことは、ロジェストウェンスキーが考えている極東におけるかれの作戦方針の遂行にじつに重要なことであった。

——日本近海に近づけば、あとは一気にウラジオストックにむけて突っ走る。

というウラジオストック遁入《とんにゅう》方針は、あるいはこの防御力のたのもしさによって可能であ

ろう。

それ故、司馬さんの記述でも、吉村さんの記述でも、マダガスカル島で旅順港陥落、旅順艦隊の全滅を聞いたロジェストヴェンスキーが、日本海を一気に突っ走ってウラジオストックに入港し、ウラジオストックを基地として日本海軍に対する妨害、攪乱活動をする、という方針を立てたことでは一致しています。ただ、これが卑怯で臆病な作戦なのか、旅順艦隊全滅後のロシア海軍として止むを得ない選択だったのか、議論がありうるようです。どうも、司馬さんは卑怯で臆病説、吉村さんは止むを得ない説であるようにみえます。このことは二人の日本海海戦の記述に関連して、まだ続きますので、ロジェストヴェンスキー航海の終末、日本海海戦の描写に移ることにします。

*

吉村さんの記述にしたがって、両国艦隊の戦力を比較しておくことにします。ロシア側は、「戦艦八、装甲巡洋艦三、装甲海防艦三、巡洋艦六、駆逐艦九、特務艦九計三十八隻、このほかウラジオストック軍港に装甲巡洋艦二、巡洋艦一、水雷艇十二、計十五隻が健在である」のに対し、日本側は、「戦艦四、装甲巡洋艦八、装甲海防艦二、巡洋艦十六、駆逐艦二十一、計五十一隻」だったということです。戦艦隻数ではロシア側が圧倒的に優勢だが、巡洋艦以下は日本側が強力です。搭載されている大砲をみると、ロシア側は「十インチ砲以上では、日本側の十七門に対しロシア側は三十三門（内六門は旧式）と圧倒的優位に立っているが、八インチ砲と九インチ砲では日本側三十門、ロシア側八門、新式の六インチ砲では日本側八十門、ロシア側三十三門と中・小口径砲では日本側に利がみとめられた」そうです。

そこで、戦闘がはじまる前の状況を吉村さんは次のとおり記述しています。

ロジェストヴェンスキー司令長官は、旗艦『クニャージ・スヴォーロフ』の艦橋に立ちつくしていた。夜は日本水雷艇から奇襲を受ける危険があったが、濃霧のため、そのおそれもなくなっている。かれは、無事にその夜をすごすことができるだろうと思った。

なすべきことはすべてつくした、と、かれは思った。艦艇は十分に整備され、乗組員の戦意は異常なまでにたかめられている。かれに残されたことは、強力な八隻の戦艦を主力とした艦隊の総力をあげて、日本艦隊を全滅させることだけであった。

これに対して、この時点におけるロジェストヴェンスキーの心情について、司馬さんは次のように記述しています。

ロジェストウェンスキーのこの海戦に臨んでの考え方は、いまこれを推測すれば、神と各艦の艦長と各艦の砲員の働きにまかせきっていたということは言えた。

さらにいえば、ロジェストウェンスキーのこの場の思考には重大なとらわれがあり、それがつねに純粋で透明であるべきかれの戦術的思考の足をひっぱり、歪曲《わいきょく》させ、にごらせていた。

「東郷のすきをみつけてこの戦闘海域から足を抜き、ウラジオストックへ遁入する」

ということである。

司馬さんのロジェストヴェンスキーに対する見方はちょっと酷なのではないか、という感じがいたします。これはマダガスカル島で旅順艦隊が全滅したと聞いたときに立てた作戦ですから、戦闘海域から足を抜いて一気にウラジオストックへ逃げ込むという考えがロジェストヴェンスキーにあったとしても当然なのですが、ロジェストヴェンスキーといえどもこの場に及んでこういう思考にとらわれていたかどうか、誰も断言はできません。吉村さんは、ごく常識的に、きっとそうではないか、と思われるように、情景を描写しているようにみえます。それだけ吉村さんの描写は常識的かもしれませんが、どちらが正しいか、読者には分かりません。読者に分からないだけでなく、これは司馬さんも吉村さんも分からない。ロジェストヴェンスキーの心理についての二人の想像であり、解釈なのですから、どちらが決定的に正しいかは分かりません。いわば歴史上の謎というべきでしょう。ただ、こういう読み比べができるということは読者の特権なのです。

＊

そこで、日本海海戦がはじまり、ロジェストヴェンスキー提督が負傷する場面に移ることにします。まず、吉村さんの描写はこういうものです。


午後二時五十二分、舵機が破壊されたと同時に、司令塔の眼窓のふちに砲弾が轟音をあげて炸裂した。弾片が、閃光とともに塔内を走った。倒れたのは、ロジェストヴェンスキー司令長官と『クニャージ・スヴォーロフ』艦長イグナチウス大佐であった。

負傷をまぬがれた参謀長グラビエ・デ・コロン大佐は、愕然《がくぜん》として司令長官に駆け寄った。そしてかれの肩をゆすったが、応答はない。コロン参謀長が、

「長官、長官」

と、さらに激しく肩をゆすると、ロジェストヴェンスキー司令長官の眼に光がやどった。

同司令長官は頭部に傷を負って一瞬、失神状態になったが、傷は軽く、すぐに意識を恢復《かいふく》した。

参謀長は、治療室へ司令長官を運ぼうとしたが、ロジェストヴェンスキー司令長官は、「ここをはなれるわけにはゆかぬ。今が最も重大な時だ。私は、このまま指揮をとる。傷は大したことはない」

と言って、再びころがった双眼鏡をとり上げた。

参謀長は、なおも司令長官の身を案じて軍医長を呼ぼうとしたが、司令長官はそれをかたく拒否した。

「皇帝陛下と祖国のために、私はこのまま指揮をとるのだ」

かれの顔には、決死の表情があらわれていた。


この吉村さんの描写にみられるロジェストヴェンスキー提督はまことに英雄的です。ところが、司馬さんの描写はかなりに違います。『坂の上の雲』では「旗艦スワロフが自由をうしなうまでに三十分とはかからなかった」と書き、次のとおり続けています。なお吉村さんはロジェストヴェンスキー司令長官が乗り込んでいた旗艦を『クニャージ・スヴォーロフ』と書いています。これがロシア語に近いのかもしれませんが、司馬さんは「スワロフ」(ただし本文ではカギ括弧なしに)と書いているので、以下は司馬さんの表記にしたがうことにします。

東郷の艦隊が最初の射弾をあびせかけたときに、前部煙突が吹っ飛び、第二回目の射撃のときに十二インチ砲弾が司令塔の覗《のぞ》き孔《あな》にぶちあたって塔内の人員の一部を即死させ、過半を負傷させた。

このときロジェストウェンスキーは運つよく軽傷だけで済んだ。しかしかれは司令長官であることに絶望せざるをえなかった。

なぜならば、艦隊の有力な指揮手段である無電装置がこわれ、無電技師のカンダウローフが死体になって提督の足もとにころがったからである。各艦に対するかれの意思が通じにくくなった。もっともこの提督は東郷がその優秀な日本製無線機を好んだようには、そのスラヴィアルコ無線機を好まず、ほとんど旗旒《きりゅう》信号にたよっていた。ひとつにはスラヴィアルコは故障が多かったともいうが、真因はこの提督の保守的性格にあったかもしれない。かれは無線指揮というものを頭から非能率なものだと信じこんでいたような形跡があった。この無線指揮については日本側とは対照的であったかもしれない。日本側はもっとも優秀な将校をえらんで通信科の水準を高めていたが、ロシア側はそういうこともせず、通信は軍人がやらずに技師が担当していた。これについては秋山真之がこの戦いがおわるとまっさきに三六式無線電信機の開発者である木村駿吉を訪ね、「勝利はあの三六式に負うところが多かった」とわざわざ礼をのべたということでも、両艦隊の性格がよくあらわれている。

ロジェストウェンスキーは顔中が血だらけになっていた。軽傷とはいえ、小さな鉄片で額を割られていたのである。

そのあとわずか五、六分後にふたたび司令塔にぶちあたった十二インチ砲弾は、司令塔のあらゆる隙間から鉄片を塔内にむかって噴射した。ロジェストウェンスキーは脚をやられて倒れ、イグナチウス艦長も、ノコギリの刃のような細片を両腕いっぱいに受けた。

提督は戦時治療室に運ばれた。

司馬さんによれば、ロジェストヴェンスキー司令長官は英雄的とは到底いえません。じつに惨めな提督としか描かれていません。また、吉村さんの描写に戻ります。

さらに、ロシア艦隊旗艦『クニャージ・スヴォーロフ』は、悲惨な立場に身を置いていた。同艦は、集中砲火を浴びて炎に包まれ、煙突も砕けマストは倒れて、艦上の構造物はなにもない。それは、巨大な亀の甲が海上に浮んでいるように艦の形態は全く失われていた。しかも、舵《かじ》を破壊されているので航行の自由はなく、退避するロシア艦隊からも置き去られて孤立していた。

同艦に坐乗していたロジェストヴェンスキー司令長官は、すでに頭部に軽傷を負っていた。かれは、コロン参謀長らと前部司令塔にいたが、塔内の羅針盤その他の器物が破壊され火炎にもつつまれたので、幕僚をしたがえて艦内の吃水《きっすい》線下にある下部発令所に移った。

しかし、かれは、負傷にもめげずすこぶる元気で、

「この下部発令所では、戦況を観察できぬ」

と言って、同室内から上甲板へとあがった。

しかし、上甲板は火災によって焼けくずれ、前部方向に行くことはできない。かれは、やむなく左舷《さげん》中央の六インチ砲塔に赴こうとしたがそれも不可能で、結局右舷中央の六インチ砲塔に向った。

その時、飛来した砲弾の破片がかれの左足首を襲い神経を切断した。部下たちは、膝《ひざ》をついたかれを六インチ砲塔内に運び、塔内にあった箱に腰を下ろさせた。

かれは応急手当を受けながらも、

「大した傷ではない」

と、部下の気遣わしげな眼をうるさそうに制し、六インチ砲が発砲をやめていることに気づいて、

「なぜ、この砲塔では砲撃をせぬのか」

と、苛立《いらだ》って問うた。

「長官、この砲塔は、損害を受けて回転の自由を失っているのです」

掌砲長の答えに、ロジェストヴェンスキー司令長官は、無言のままうなずいた。

＊

そこで、ロジェストヴェンスキー提督は傍らまで接触してきた駆逐艦『ブイヌイ』に乗り移ることになります。以下、吉村さんの記述です。

駆逐艦『ブイヌイ』の『クニャージ・スヴォーロフ』に対する接舷は、無謀ともいえる行為であった。しかし、ロジェストヴェンスキー司令長官を救出するためにはそれ以外に方法はない。『ブイヌイ』艦長コロメイツォフ中佐は、波浪の状態を観察した。

波は、むろん『クニャージ・スヴォーロフ』の風下方向の方が幾分おだやかだった。かれは、風下にある舷側に『ブイヌイ』を接近させたかった。が、『クニャージ・スヴォーロフ』をおおう大火災と黒煙は風下に渦巻きながらなびいていて、到底近づくことができない。かれは、途方にくれた。艦を風上に接舷しなければならぬが、その方向の海面には、波浪が強風に押されて逆巻いている。

『ブイヌイ』乗組員の顔には、血の気が失われていた。が、『ブイヌイ』艦長は、同艦を接舷するため急いで風上方向にまわしていった。

『クニャージ・スヴォーロフ』の艦上には、『ブイヌイ』が救援にやってきたことを知った乗組員たちが、どこからともなく姿をあらわした。かれらの大半は傷つきながらも、その眼にははげしい戦意が鋭い光になってはりつめていた。

砲塔内では、司令長官が血だらけの包帯につつまれて頭を低く垂れて坐っていた。

幕僚の一人が、せまい砲塔内に入ると、

「長官、駆逐艦が参りました。お移り下さい」

と、ロジェストヴェンスキー司令長官に大きな声で言った。

長官は、わずかに体を動かし、

「フィリポフスキーを呼べ」

と、低い声で言った。

幕僚は、ロジェストヴェンスキー司令長官が旗艦の航海長を招こうとしていることは作戦指揮を忘れていないあらわれだと思った。

「はい、すぐに従兵を遣わして航海長を呼びます」

と、幕僚は答え、砲塔の外に顔を出すと、

「従兵！　航海長を呼べ」

と、叫んだ。そして、再び砲塔内にもぐりこむと、

「長官、駆逐艦にお移り下さい」

と、声をかけた。

しかし、ロジェストヴェンスキー司令長官は、頭を横にふった。かれは、意識がかすれてはいたが、あくまでも旗艦にとどまり艦隊の作戦指揮をつづけようとしていたのだ。

幕僚の胸に、熱いものがこみ上げた。本国を出発して以来七ヵ月、司令長官は、侍従武官を兼ねた顕職にあって全艦隊を指揮し、航海史上類のない大航海を成功にみちびいた。司令長官は、尊大な提督であり気位も高い軍人だった。が、その長官も血だらけの姿で頭を垂れ眼を閉じている。それは、余りにも悲痛な姿であった。

ロジェストヴェンスキー司令長官は、かすかに頭を横にふりつづけていたが、幕僚や士官たちは、司令長官を駆逐艦『ブイヌイ』に移乗させる準備にとりかかった。司令長官は重傷を負っているので、担架で『ブイヌイ』に移さねばならない。しかも、激浪にもてあそばれている『ブイヌイ』に運びこむためには、旗艦から『ブイヌイ』に吊《つ》り下げておろす以外に方法はなかった。

士官や兵たちは、艦内を走りまわって、上甲板から半ば焼けこげた吊床を持ってくると、縄で結びつけて吊り台状の担架を作り上げた。

この時、体の所々に軽傷を負ったフィリポフスキー航海長がよろめきながらやってきたので、幕僚の一人が六インチ砲塔内に入り、

「長官、航海長が参りました。寸刻の猶予《ゆうよ》もありません。すぐに駆逐艦にお移り下さい」

と、大きな声で言った。

ロジェストヴェンスキー司令長官が、頭をあげた。その顔は青白く、眼にはうつろな光しかやどっていなかった。

「駆逐艦へお移り下さい」

幕僚が再び言うと、ロジェストヴェンスキー司令長官は、また弱々しげに頭をふった。

士官たちは、立ちすくみ口をつぐんだ。退艦をこばむ司令長官の意を無視するわけにはゆかなかった。が、その沈黙をやぶるように士官の一人が、

「諸君、なにをためらっているのだ。長官をすぐに砲塔の外に出したまえ。長官は重傷を負っておられる。駆逐艦も移乗をお待ちしているのだ。早く長官を運び出せ」

と、荒々しい声で言った。

放心状態にあった士官たちは、その言葉にうながされて長官の体に手をかけた。ロジェストヴェンスキー司令長官は、すでに立つ力もなく呻き声をあげているだけだった。そして、意識のさめる気配もなく、部下たちに抱き上げられた。

しかし、砲塔の扉は半分しまったまま動かず、長身の体を運び出すことはむずかしかった。ようやく数人がかりで砲塔の外に引き出すことができたが、司令長官の上衣は突起物にひっかかって裂けてしまった。

ロジェストヴェンスキー司令長官は、昏睡《こんすい》状態のまま担架に横たえられ、コロン参謀長をはじめ士官や兵たちにかこまれて艦尾にはこばれた。

＊

この詳細な吉村さんの描写に比べて、司馬さんのロジェストヴェンスキー司令長官が駆逐艦ブイヌイ（なお司馬さんは「ブィヌィ」をカギ括弧なしで書いているので、以下司馬さんの表記にしたがいます）に乗り移るまでの経緯はごく簡略です。先に引用した個所からすこし読み進みますと、次のように、司馬さんは書いています。

この海戦は、多分にロジェストウェンスキーにとっていわば劇的な人間表現であるといえたが、しかしいかなる劇作家でも以下のような偶然はそれを設定することをはばかるであろうとおもわれるほどの事態がかれを訪れつつあったのである。

と書きはじめ、駆逐艦ブイヌイの艦長コロメイツォフという三八歳の中佐について、司馬さんは記述しています。司馬さんによれば、コロメイツォフ中佐はロジェストヴェンスキーがもっともきらっていた人物である、とされています。しかし、「かれの海軍知識や技術はそのまま英国海軍に編入されても一流の船乗りとして通用するだろうといわれていた」ということです。艦長コロメイツォフが指揮した駆逐艦ブイヌイは「じつによく働いた」と司馬さんは書いています。ただ、司馬さんの叙述によれば、もともと駆逐艦は敵に肉薄して魚雷をぶっぱなす兵器であったが、ロ提督の戦法ではこの兵器をそのようにしては使わず、もっぱら救助用につかっていた。ブイヌイは乱戦のなかでの勇敢な救助者としてよく働いた。

ブイヌイは、まっさきに沈んだ戦艦オスラービアに対し、弾雨を冒して接近し、海面に漂う二百四人をすくいあげ、わずか三五〇トンという小さな艦に収容した。

ということです。このブイヌイが旗艦スワロフを発見、接近してきたのです。司馬さんの記述を引用します。

よろこびがスワロフに湧きあがった。

中央六インチ砲の砲塔の廃墟のそばにいたセミョーノフ中佐は、右脚を骨まで砕かれていたが、このよろこびをロ提督につたえるべくカカトで歩行し、やっと右舷中部砲塔にたどりついた。その中に入ると、ロ提督はすわっていた。頭を垂れていた。その様子は人間というよりボロギレのようであった。

セミョーノフは、

「長官、駆逐艦がきました」

と、抱きつくようにして叫んだ。

ロジェストウェンスキーは、この旗艦からもこの戦場からも逃げ去るつもりであった。しかし単身逃げれば軍法会議その他での批判が悪くなるかもしれない。司令部をブイヌイに移すという形をとればよかった。ロ提督を英雄に仕立てるべき役割だったセミョーノフでさえ、そのことに触れざるをえなかった。ロ提督がこのときいった言葉は、

「フィリポッスキーをつれて来い」

ということだけだった。この大佐は航海参謀で、航海参謀さえ連れていれば提督は全艦隊をなおも指揮する意思をもっていたというのちの証拠になる。「提督は名目だけでも全艦隊を指揮しなければならなかった」とセミョーノフは書いている。

思いあわせてみると、ロジェストウェンスキーは、世界史がもったこの最大規模の海戦において一方の主将として指揮らしい指揮をほとんどすることなく、また東郷のためにその出演時間さえわずかしか与えられず、いまは運搬されるだけの物体になってしまった。

このような司馬さんの叙述をみると、吉村さんが描いたロジェストヴェンスキー像と司馬さんが描いたロジェストヴェンスキー像とが極端に違うことにあらためて感銘をうけます。司馬さんも吉村さんも、それぞれが持っていた小説作法に忠実にロジェストヴェンスキー像を描き出していると思うからです。私はロジェストヴェンスキーが、司馬さんが描いたほどに、臆病で、卑怯な

提督だったのか、かなりに疑問をもっています。同時に、吉村さんの叙述をそのまま信用しているわけでもない。この時点ではロジェストヴェンスキーは重傷を負っていて、ほとんど意識がないのです。だから、これら二人の小説家は想像によってロジェストヴェンスキーの人物像を作り上げているのです。これから先は私の推測にすぎませんが、たぶん、司馬さんとしては、ロジェストヴェンスキーを帝政末期の絶対君主制下の退廃した官僚制を象徴する人物として造型したかったのであろう、この人物像の造型には、そういう司馬さんの歴史観が働いているのではないか、と思われるのです。逆に、吉村さんのばあいは、そういう歴史観に煩わされることがありません。おそらく、ほとんど意識を失ったロジェストヴェンスキーを卑怯で臆病な提督として描くよりも、ロジェストヴェンスキー大航海を成功させて日本海海戦に臨み、不幸にして敗れた悲劇的提督として、描くのが真実だと考えたのではないでしょうか。私はどちらが正しいか、をいうつもりはありません。私は二人の叙述の違いに興趣尽きない感銘をうけるのです。

＊

ここでロジェストヴェンスキー提督をすこし離れて、彼が乗り込んでいたバルチック艦隊の旗艦、司馬さんの表現によれば「スワロフ」の最期について、お二人の記述を読んでみたいと思います。ロジェストヴェンスキーが「運搬されるだけの物体」となって、駆逐艦ブイヌイへ運搬されたさい、司馬さんによれば、運搬が難事業で誰も指揮をとろうとする者がいなかった。「率先してこの指揮にあたったのは少年のように幼い顔をした少尉候補生のクルセリだった。フォン・クルセリという茶目で敏捷《びんしょう》でちょっと頭の抜けたところのある青年は、この旗艦のすべての士官のマスコットのような存在だった。かれは子供のときからの商船乗りで、海軍における正規の士官養成コースを経ておらず、そのために平素はあまり役立っていなかった。ところが戦闘が惨烈になるにつれてかれは信じられぬほどに沈着になり、艦内のあちこちを燕のように飛びまわっては消火の指揮をしたりした」。

途中をすこし省きます。

かれはその提督ぐるみの筏を艦の後方まで運び、後部六インチ砲塔前の切断舷という断崖のような形のところまでおろした。そこで駆逐艦ブィヌイがせりあがってくるのを待った。駆逐艦は小さい。戦艦の右舷舷門あたりまでとどくには大波にせりあげてもらうのを待たねばならないのである。

ついに、移した。

他の生残りの幕僚（幕僚長、航海長、セミョーノフ中佐など）も移った。

その機会に何人かの士官や兵員も飛び移ったが、しかし八百人以上の乗組員は艦に残った。もっともそのほとんどは提督が艦をすてたことを知らず、火の中か、戦時治療室かあるいは持ち場にいた。クルセリも艦を去らなかった。

また、すこし省きます。日本の水雷艇がスワロフに三百メートルの至近距離まで近づいて、数本の魚雷を発射し、二本が命中して、いよいよスワロフは最期を迎えます。以下が司馬さんの記述です。

そのとき、スワロフにたった一門残されていた艦尾の三インチ砲が最後の火を吐いた。少尉候補生フォン・クルセリが発砲したものであり、この最後の咆哮《ほうこう》がおわるや、艦体は左舷が海中に入り、ついで赤い艦底をみせたかとおもうと大きな渦をのこして姿を消した。

吉村さんも、吉村さんの表記による旗艦『クニャージ・スヴォーロフ』の最後を記述していま す。砲撃では撃沈できないと考えた日本海軍は、水雷艇に魚雷攻撃させることにします。水雷艇隊は、「三〇〇メートルの至近距離に達すると、一斉に魚雷を放った」と吉村さんは書き、次のように続けています。

かれらは、四本の航跡のうち二本が、城のようにうかぶ『クニャージ・スヴォーロフ』に吸いこまれてゆくのをみた。その直後、火炎につつまれた同艦の舷側に、ほとんど同時に二本の壮大な火柱とそれを追うように水柱が立ちのぼった。

すさまじい炸裂音が、空気を引き裂いた。夜空には砕けた鋼鉄が舞い上り、『クニャージ・スヴォーロフ』から火山の噴火するように新たな炎と黒煙がふき出した。

第十一水雷艇隊の艇上に、歓声があがった。『クニャージ・スヴォーロフ』は、左舷への傾斜を急に増しはじめて、舷側が海面にふれ、それにつれて右舷の艦腹がせり上ってきた。

しかし、第十一水雷艇隊の隊員たちは、顚覆《てんぷく》寸前の同艦に思いもかけぬ光景を眼にして息をのんだ。甲板を海水が洗い艦が激しく傾斜しているのに、艦尾に残された七・五センチ砲の砲口からは、発砲の光がひらめきつづけている。同艦の砲員たちは、最後の力をふりしぼって砲撃をつづけている。

艦は、大きく傾き、七・五センチ砲が海面下に没した時、ようやくその砲撃はやんだ。恐るべき砲員たちの戦闘意欲に、第十一水雷艇隊の各艇上には、厳粛な沈黙がひろがった。『クニャージ・スヴォーロフ』は、海面を激しく泡立たせながら、遂《つい》に顚覆。海面には、貝類と海草におおわれた艦底が露出した。そして、しばらくそのまま動かなかったが、やがて艦尾が海面下に沈みはじめ、同時に艦首が徐々に上昇し、夜空に高々と突き立った。その直後、驚くほどの速さで海面下に吸いこまれていった。

海面に、黒々とした大きな渦が湧《わ》き起った。艦体の消えた洋上には、黒煙が雲のようになびいているだけだった。

こう読んでみると、吉村さんの叙述もさすがだと感心いたします。『クニャージ・スヴォーロフ』という軍艦の最後が巨人の臨終を見るかのごとく厳粛、壮烈かつ劇的に描かれています。ここでは叙述の対象は『クニャージ・スヴォーロフ』という戦艦であるといってもいいでしょう。ところが、司馬さんの叙述にはまったく違った興趣があります。二人の叙述には最後に発射された艦尾の砲が三インチ砲なのか、七・五センチ砲なのか、食い違いがありますが、一インチが約二・五四センチですから表現の違いにすぎないでしょう。そうした些細な違いは別として、司馬さんの叙述の興趣はフォン・クルセリという若い少尉候補生の活躍にあるように思われます。この少尉候補生の活躍は司馬さんの創作なのではないか、と私は疑っています。彼の活躍によって、旗艦スワロフの最後がじつに人間性をもって読者の心に迫るのです。それに、ロジェストヴェンスキーだけでなく、参謀長も航海長もその他いくらかの士官などが駆逐艦に乗り移ってしまう、というじつにロシア帝国海軍上層部の情けない態度に比し、この少尉候補生の英雄的な戦闘こそ、司馬さんが描きたかったことだと思うのです。

＊

ご承知のとおり、『坂の上の雲』は日本海海戦が終わると、東郷連合艦隊司令長官が、捕虜として捉えられ病床にあったロジェストヴェンスキーを見舞う、また、秋山真之が正岡子規の墓参りをするといった、ごくわずかのエピソードを書き加えてはいますが、実質的には日本海海戦で終わる作品です。ところが、『海の史劇』は日本海海戦以後までかなり書きこんでいるのです。『坂の上の雲』が何故日露戦争がおこったか、を説明しているのに反して、『海の史劇』は、何故日露戦争がおこったかにはまるでふれていないのに、日露戦争がどういう結末に終ったかまで書いている、という構成の違いがあります。吉村さんが日本海海戦以後のことで書いていることの中で目につくのが、捕虜になったロジェストヴェンスキーの行動と日露戦争の結末であるポーツマス条約です。

すでに見てきたとおり、吉村さんはロジェストヴェンスキーを司令長官として卑怯であったとか、臆病であったとか、描いていません。むしろ、英雄的に描いていることで、司馬さんのロジェストヴェンスキー像とは極端に違っています。ところが、捕虜になったロジェストヴェンスキーは食事のさいのナイフとフォークが汚れていた、といって苦情を言い、オムレツの色が悪いと文句を言い、ベッドが粗末だと不満を言う。確かに当時の日本としてはロシアの上流階級が食べているような食事を用意できませんし、生活様式が違いますから、彼の気に入るような生活をさせることはできない。しかし、彼は傲慢で、気位が高く、まして捕虜なのですから、我儘は当然、抑えなければならないのに、我儘を抑えることができない。ことごとに彼に対する日本政府の処遇が気にいらない、その不平不満を口にするのです。そういう吉村さんの描写を読むと、ロジェストヴェンスキーは、吉村さんが書いたように、海軍の提督としては立派な軍人であったかもしれないが、人間としては、じつに自制心に乏しい、陋劣な人物であった、と思われるのです。おそらく、吉村さんもお調べになってみて、ロジェストヴェンスキーがそういう人格であったことを知り、興味をもち、これも書き残しておく必要がある、と感じたのでしょう。司馬さんは、はじめからロジェストヴェンスキーを帝政ロシア末期の官僚制度のなかで出世した暗愚な人物として見ていたので、捕虜になってからのロジェストヴェンスキーのそういう行動を承知していても、書きとめるに値しないと考えたであろうと思います。

もう一つ、これはもっと重要なことだと思いますが、吉村さんはポーツマス条約にふれています。日本は日露戦争で十九億五千四百万円の費用を費やしています。日本人の多くはロシアから賠償金がとれると思っていましたし、新聞は賠償としてロシアから少なくとも三十億円とるべきだと唱えていたそうです。

結局、ポーツマス条約によって日本とロシアの間に講和条約ができたけれども、賠償金は一円もとれなかった。そのために、条約に不満な三万人の大群衆が日比谷公園で大集会を開いて屈辱的な講和条約の破棄を叫び、内務大臣官邸を焼打ちするという有名な騒動がおこります。こうした事件を吉村さんは仔細に書いていますし、ロシアに帰国したロジェストヴェンスキーは軍法会議の被告となり、無罪になったとはいえ、官位を剝奪されたことなどまで、さらに、乃木将軍、東郷元帥の死去まで、書いています。ただ、賠償金はとれなかったけれども、もちろん、日本はロシアから利権を得ていたのです。一つには、朝鮮を日本の支配下におくことをロシアに承知させたこと、もう一つは、南満州鉄道の利権をロシアから譲り受けたことです。日露戦争の開戦直前に日本がロシアに申し入れた妥協案について、司馬さんが「要するに日本は朝鮮に権益をもつ、ロシアは満州に権益をもて、而してたがいに侵しあわない、というものであった。日本が朝鮮にこれほど固執しているというのは、歴史の段階がすぎたこんにち、どうにも理不尽で、見様によっては滑稽にすらみえる」と書いていたことは前に申しました。この妥協案以上のものを、ともかく辛うじて戦争に勝つことができたので、日本はロシアからかちとったのです。朝鮮を支配下におくことは、後日、日韓併合の布石になるものでしたし、南満州鉄道の権益をロシアから譲り受けたことによって、大連、旅順を手にいれ、後の満州偽帝国といわれるような国家をでっちあげて、満州を中国から奪うこととなった政策の出発点となるものだったのです。いわば、ポーツマス条約は、賠償金こそとれなかったけれども、日本の朝鮮、中国の侵略の道筋をつけたのです。司馬さんが「この戦争の戦争責任者を四捨五入してきめるとすれば、ロシアが八分、日本が二分である。そのロシアの八分のうちほとんどはニコライ二世が負う」と書いていることは前に申しました。日本の「二分」とは何か。司馬さんは書いていません。

文春文庫版『坂の上の雲』の解説で島田謹二先生は「一九〇四年二月五日、日本政府は国交断絶をロシアに通牒した。この時の日本の立場からいえば、チョーセン、シナの支配権をロシアとあらそったというよりは、自衛上の必要に迫られて、戦いをいどんだという方があたっている。

しかも、この戦いは、国運を賭した必死の戦いであった」と書いています。島田先生のような碩学の意見ですが、私は日露戦争が自衛の戦争であったとは考えていません。司馬さんも自衛の戦争とはいいきれないと考えていたのではないか、それが日本の「二分」であり、このロシアから得た権益こそが日本に責任がある二分だったと考えていたのではないでしょうか。あるいは、司馬さんの考えも揺れていたのかもしれません。「あとがき四」では司馬さんは「ロシアにとっては単なる侵略政策の延長線上におこった事変であるという面が濃いが、日本にとっては弱小であるがゆえに存亡をかけた国民戦争たらざるをえなかった」と書いていることからみて、島田先生と同じく、日露戦争は日本にとって自衛の戦争であった、と考えていたようにみえますが、「あとがき六」では「日露戦争という、その終了までは民族的共同主観のなかではあきらかに祖国防衛戦争だった」と書いていることから見ると、日本人の「主観」的な意識として日露戦争は自衛戦争であったのであって、それも「終了までは」とことわっていることは、ポーツマス条約によって、朝鮮の支配権をロシアに認めさせ、中国の利権を譲り受けた、という戦後処理からみて、「終了」後は客観的には自衛の戦争とはいいきれない、と考えていたのではないか、と私は想像しています。ポーツマス条約まで書けば、どうしても、この問題にふれざるをえなかっただろうと思います。そういう意味で、司馬さんがポーツマス条約まで書かなかったことを私は些か残念に思っているのです。一方で、吉村さんはポーツマス条約が持っていた日本の朝鮮、中国の侵略的性格にはまったくふれていません。くりかえし申してきましたとおり、吉村さんは歴史的事実に関心と興味があったけれども、その解釈には興味をもたない、解釈は読者に委ねるという姿勢で小説を書いたのだろうと思います。

『海の史劇』と対比してみると、『坂の上の雲』の興趣がまし、司馬遼太郎の小説作法、司馬史観といったものの理解もふかまるのではないか、と私は考えているのです。ご静聴有難うございました。

『梟の城』と村山知義『忍びの者』

村山知義の『忍びの者』は伊賀忍者、ことにその下忍を描いた小説です。その下忍の一人石川五右衛門は『忍びの者』の第一巻『序の巻』に登場し、第二巻『五右衛門釜煎り』で最後を遂げます。

『忍びの者』に描かれた下忍の運命はじつに悲惨、無残です。冒頭にカシイという下忍が登場します。彼は富山城内の敵情視察を命じられていたのですが、「もともと、伊賀者は蛆虫《うじむし》のように考えられていたから、投げられた恩賞が、予想を遥かに下回ってケチな金額だったのにも、別に不平はなく、契約の金を受け取ると、ひと仕事済ませた気の楽《らく》さを味わいながら、別に急がぬ道を生まれ故郷へと向かったのであった」とあります。「服部川を真ん中に、銀杏《ぎんなん》の実そっくりの、長さ一里に足りぬ盆地――そこがカシイの生まれ故郷」です。「小さな耕地しかないので、農民たちは麻を植えたり、キツネを狩ったり、養蚕をしたりして、努め励まなければ口を糊することができない。忍びのわざも、農耕だけでは食えない農民たちの、生活のための大事な余業だった」のです。カシイの叔父はカスミという中忍ですが、配下の下忍者はカシイをいれて五人しかいません。伊賀には、こうした中忍を支配している、百地三太夫、藤林長門守という二人の対立する上忍がいるということになっています。

カシイは、「頭が三角形で、目、鼻、口が小さくてお粗末で、色は渋紙色で、せいも低い」とありますから、風采もひどいものですが、タモという少女と心を寄せ合っています。彼女はカスミの養女で、まだ十一歳にしかならないのに、「くの一」の修業を積んでいます。カスミに命じられて、タモが演じてみせる「猫」の術にカシイが驚いて息を呑む光景が描かれています。


タモは首をめぐらして、人がいないのを見定めると、立ち上がって、瞳を遥か遠くに放った。フーッと呼吸を長く吐き出すに従って、身体中から力が抜け出し、二タ周りも、小さくなって、両手を地面に突いた。

首をまためぐらして、十間《けん》ほど先の大きな欅に目を止めると、一度出て行った力がたちまち戻って来て、ギュッと凝縮した。途端に、二タ跳ね、三跳ねしてその幹に取りつくと、身体を鞭のようにしなわせて駆け上った。梢近く、横に出た小枝を伝わり、踏みはずしたかと見ると、空中に四転して、音もなく地上に戻り、身をかがめて伏した。

前からそこにあった一と塊の石としか見えない。その時になって、欅の梢から、僅か二、三枚の葉が、ヒラリ、ヒラリと地面にとどいた。

作者は、「少女から成女になりつつある処女のみにできる術であった。無心の大胆さ、靭《つよ》いしなやかさ、空気にさからわず、溶け込むかと見えて、咄嗟《とっさ》に空気を切り返す――またスッと猫の肉体と心に成り変わってしまう魔術的な素直さ――そういうものは、そういう時期の者にだけ許される可能性であると見えた」と書いています。こういう超人的な動作をいかにも真実そうに描くところに忍者小説の醍醐味があるといえるでしょう。

タモは百地三太夫から

タモ――そちは忍者ではない。だが、くの一じゃ。忍者の手先となって働く者じゃ。されば、忍者と心を一にし、相談人の言うがままになって働かねばならぬ。したがって、忍者と同じく、忍者の三つの誓いを、そちにも立ててもらわねばならぬ。わかったな。

と言われて、三つの誓いを聞きます。相談人というのはくの一から情報を受け、また、くの一に指示を与える連絡係です。三つの誓いの第一は「忍術を、構えて、私利私欲のためには用いず」、第二は「忍者なることを、何人にももらすまじ」、第三は「目的を遂げようためには、いかなる辱めをも耐え忍ぼうず」ということですが、作者が百地三太夫の口を借りて言うところによれば、「忍者たる者は目的を遂げようためには、義を曲げ、信を破り、いつわりを述べ、いかに卑しいこと、恥ずかしいこともあえて行なわねばならぬ」ということです。忍者たるものは凄まじく非人間的な存在となることを強いられ、これらの誓いによって、忍者が悲しく辛い運命を辿らなければならないこととなるのです。

＊

さて、百地三太夫によって、カシイとタモは朝倉義景の許に派遣されますが、同時に、百地三太夫は、朝倉の敵になる織田信長の許に九度兵衛、葉蔵、よし助という三人の忍者を派遣します。同じ三太夫の配下の下忍が敵対する武将の許に送り込まれて、それぞれの主人のために働くことになるわけです。九度兵衛は三十四、五歳、色青ざめ、痩身です。色が青ざめているのは、何の毒でも、まず微量からはじめてすこしずつ量を増して馴れていき、忍者が出会う毒という毒に対して強い抵抗力を持つ体質になっているからです。九度兵衛の九度は毒を逆さまに読んだ通称です。葉蔵は、壮年、あから顔で頬にも腕にも濃い毛が生えています。歯の力がきわめて強く、引き綱をくわえて、石を山と積んだ牛車を引っ張ることができるので葉蔵（歯蔵）なのです。よし助は、鼻が低く、唇が突き出し、目はねむそうに半ば閉じ、愚かげにみえますが、偽書をつくる名人で、書を逆にして、よし助と名づけられているのです、これらの下忍たちは、みな生活において貧しく、身分において賤しく、風采もあがらない、そういう人々なのです。

タモは朝倉義景の家臣、篠田頓兵衛という武士の娘ということになって「鹿乃」と名を変え、朝倉義景の許に侍ることになります。義景の奥方、柳葉《やなぎは》の前は貧乏公卿の息女なのですが、義景に疎まれています。この柳葉の前が鹿乃をひどく気に入ります。「貧しいなかで、人々の蔑視の下で苦労をなめて来た鹿乃は、この女に素直に親しみ、母の年ごろの女に対する愛情をそそいだ。それがあるからこそ、姿、声、立居振舞までが、柳葉の前にとって、不思議な魅力となった」ということです。

ところで、同じ百地三太夫の配下に、心のねじけていることからネジリといわれる下忍がいます。ネジリは織田信長暗殺に熱情を燃やし、木下藤吉郎の邸内で捕らえられ、拷問にかけられます。「まずさかさまに吊るして、血のさがった首をさんざんに棒でなぐった。首は血だらけになった。だがネジリは一とこともいわぬ。つぎには左耳を削ぎ落とした。まだ口を開かぬ。クギ抜きで、右手の指の爪を引き抜きはじめた。何がネジリをして、かくもがんばらしめるのか？「忍者たるものは、いかなる拷問に会うとも、たとえ命を奪わるるとも、おのが素性、おのが使命について、一とこともしゃべってはならぬ」という、物心ついた時から教え込まれた無上命令があるからだ」と説明されています。ここでネジリにも、何故命を落とし、苦痛を忍んだりしなければならないか、という疑問が湧きます。忍者の掟を破って、朝倉義景の言いつけだと白状し、さらに、仲間を言え、と問い詰められて、左の小指を切り落とされ、ついで薬指を切り落とされ、九度兵衛の名前を言って命だけは助かります。下忍とは人間性を奪われている憐れな存在ですが、やはり人間であることに変わりはないのです。

朝倉義景は一族に裏切られ、逃げ込んだ寺院で切腹し、寺院は付け火の焔に包まれ、タモは柳葉の前とともどもに火中に行方知れずになります。

九度兵衛も木下藤吉郎に捕らえられて、武田信玄の暗殺を命じられます。武田信玄は病気になり、鳳来寺に運ばれてきますが、衰弱して歩くこともできなくなっています。信玄のうめきを聞きながら、九度兵衛は、やっとのことで、「本堂の高い梁にこうもりのようにはりついたが、長い間、食うものも食わず、よく眠りもしなかったからだは、今にも混迷して」、落ちてしまいそうなので、彼はわが身を厳重に梁にしばりつけます。やがて信玄は侍臣に抱えられて去っていきます。九度兵衛は梁にしばりつけたいましめを解こうとするのですが、「結び目が固くしまり、どうしてもほどけない。爪がはがれて、血がにじみ出し、その血が結び目にしみ込み、凝固して、引けども引けども、いよいよかたくなるばかり」。信玄はついに息をひきとります。「その日、鳳来寺山では、衆徒が立ち騒いでいた。本堂の真暗な天井から、おびただしいウジが、ポトリ、ポトリと落ちてきたからである。九度兵衛は、みずからしばったいましめの中で、すでに腐敗していたのである」と作者は書いています。

＊

そこで、『忍びの者』の第一巻『序の巻』、第二巻『五右衛門釜煎り』の主人公である石川五右衛門の話に移らなければなりません。石川五右衛門も下忍です。彼の祖先は大陸から渡ってきた者で、かなり長く混血しなかったので、祖先の肉体的特徴を維持し続け、色青白く、ひげの剃りあと青々とし、目が鋭く切れている、とあります。また、人の心を読むことに妙を得ており、計数にさとかった、とも書かれています。彼は百地三太夫に可愛がられて、三太夫の執事のような役に就いています。三太夫にはイノネという妻がありながら、彼女は結婚して三十四年間、三太夫から一度も相手にしてもらえない処女妻です。五右衛門とイノネは密通します。三太夫はこれを知って知らぬふりをしていたのですが、三太夫が気づいていることを知った五右衛門は、このままでは二人ともなぶり殺しになるのではないかと怖れ、立ちのこうとします。すると、イノネに駆け落ちを迫られた五右衛門は彼女を、井戸に投げ込んで殺します。当然この事実に三太夫は気がつきます。やがて、三太夫は「貴様、あのようなことをしでかして、何と思うておる」と詰問し、「ごぞんぶんに」と五右衛門は答えます。いろいろ問答の結果、生かしておいてやるから、織田信長を殺せ、と命じられます。さらに、三太夫は五右衛門に「京、堺のような人気の多い場所に出没し、まず盗賊を働け」と命じます。五右衛門は「えッ、盗賊を?」と驚きます。「五右衛門が驚いたのも無理はない。忍者が忍び込む術を習得するのは、もっぱら、たたかいの利を得るためであって、盗賊とはまったく異なるものとされ、忍術を使って盗賊を働いたものはいやしまれて、忍者の籍をはく奪される習いだったからである」と書かれています。この記述は、『梟の城』を読むさいに思いおこしていただきたいので、憶えておいていただきたいと思います。

五右衛門は、盗みによって得た金銭の十分の九は軍資金として三太夫の使いに渡し、十分の一は手許に残してよいと言われます。五右衛門は「三太夫の言いつけにしたがい、折角、黒々と生えそろっていた額ぎわの毛もむざんに抜いて禿げあがらせ、まっ白で丈夫な前歯を二枚まで欠いてしまった」「蒼白い貧相な男」になってしまいます。織田信長を暗殺するため、信長の本陣になっている橋寺の本堂の床下に忍びこみます。そこで、藤林長門守配下の下忍、木猿も信長暗殺を企てて忍びこんでいるのに気づきます。木猿は跳躍の名人です。

あらしの中を、猿のように、屋根から屋根、塀から木へと飛び移り、どうしてもつかまらない。暗さは暗し、火縄はしめって、鉄砲でもうてない。騒ぎを聞いて出動した兵は千を越えた。こう大勢に取り囲まれては、さすがの跳躍の名人も逃げのびることはできぬ。

暁方近く、雨がおさまったので、ついに筒井順慶配下の遠藤為右衛門という鉄砲の名手のうった弾がふとももにあたり、屋根からころげ落ちた。

だが、その瞬間、驚くべきことが起こった。ころげ落ちながら、かの忍者は短刀を引き抜き、逆手に持って、われとわが顔の前面をソックリそぎ落としてしまった上、胸を突き、地面に落ちた時は、息が絶えていたばかりでなく、どこのだれやら人相がわからなくなっていた。というのは、彼はそぎ落としたおのが顔の前面を左手に握って、滅茶苦茶に握りつぶしてしまっていたのである。

下忍の運命はむごいものだという感をふかくします。

こうして五右衛門が織田信長暗殺の機を逸している間にも、彼は盗賊生活を続けていると、天正伊賀の乱といわれる織田信長による伊賀、甲賀の討伐が行われ、圧倒的な織田信長の軍勢を前にして次々に裏切り者が手引し、百地三太夫、藤林長門守をはじめとする忍者たちは殲滅され、百地三太夫と藤林長門守の二人はじつは同一人だったのではないか、という疑いが残って、『序の巻』は終わります。

＊

『忍びの者』第二巻『五右衛門釜煎り』では、安土セミナリオのキリシタンたちが描かれ、やがて本能寺の変が起こって、明智光秀に織田信長が殺され、羽柴秀吉に明智光秀が敗れるという波乱がおきます。仔細は省くこととして、第二巻で服部半蔵が登場します。

服部氏は秦《はた》氏と同じく「くれはとり」の一族で、大陸からの帰化人の裔《すえ》である。系図を見ると、もとは煙の精だと書いてある。平知盛の家来となり、壇の浦の合戦から死なずに帰って来て、上野の南二里、予野《よの》の庄にかくれ、千賀地《ちがち》という姓を名のる土豪となった。子孫は忍術使いとなり、近傍の下忍を配下にして、中忍になっていた。半蔵の父の代に、伊賀を去って家康に仕えたので、信長に伊賀が蹂躙《じゅうりん》されたときは伊賀にはいなかったが、しばしば往来して、知人は多かった。頭のきれる、まめまめしい男だったので、近侍に加えられた。石川五右衛門ほど苦味走ってはいなかったが、いかにも大陸の人の裔らしく、色白で、目の切れ長く、身のたけは五尺八寸にあまり、黒目は茶色で、白目が青味を帯びていた。年は四十二歳になる。

と作者は書いています。

一方、織田信長が伊賀、甲賀を殲滅した後は、五右衛門は堺の妓楼で知り合ったマキという女性と幸福で安楽な生活を送っていたのですが、そこに服部半蔵が現われて、「家康公が、石川五右衛門はどうしておる、あれをさがし出して、連れて参れ、とこう申されるのじゃ。」と五右衛門に告げます。半蔵が、物見遊山のつもりで結構だ、というので、五右衛門はマキを連れて浜松に赴き、名も佐伯伝内と改めて、三十石三人扶持を貰って家康に仕えることになります。

ところで、半蔵が見つけた葉津子という女性がいます。この女性は一度は家康が手をつけたのですが、その後は家康は忘れているので、半蔵と同棲しているのです。ところが、半蔵は家康から葉津子を連れて来いと命じられます。この葉津子が五右衛門の妻、マキと瓜二つなのです。いかにフィクションとはいえ、あまりに無理な筋立てだと思いますが、それはともかくとして、家康の命令ですから、半蔵は五右衛門を旅に出し、その間、眠り薬でマキを眠らせ、家康に差し出して何回か臥所を共にさせます。マキは夢をみているような心地で家康に犯されたのですが、これを五右衛門が知ることとなって、五右衛門は浜松から逐電します。

やがて、マキは秀吉の根来寺攻めのさい、水攻めによって、溺れ死にます。五右衛門とマキの間に吾市という子が生れていたのですが、この子は九歳になったときに失明します。五右衛門は苦悩します。

そうだ、吾市を生かして置くことは、彼を苦しませることだ。まだその苦しみに気づかぬうちに、彼を殺してしまおう。そして自分も死んでしまおう！

彼は逞ましいいびきをかいている吾市の寝顔を見ながら、何度かそう思った。

だが、秀吉をほっておいて、自分ら親子だけが死んでしまうのか？

家康も生きている。マキを犯して平然として生きている。

こういう連中を、栄耀栄華《えいようえいが》のうちに生きつづけさせて置いて、その悪事をしたい放題にさせて置いて、自分ら親子だけが死んでしまうのか？

いや、生かしては置けぬ？　ああいう奴らを生かしては置けぬ？

五右衛門は、吾市を、琵琶を奏でる盲目の了西という僧侶と、越前の一乗ヶ谷の落城のさいに顔の左半面を焼かれたものの生きのびてキリシタンに帰依しているタモの二人に預けて、淀城に忍びこみ、秀吉の殺害をはかります。城内に忍び入り、床下に這い込み、台所と覚しい所から床板をあげて、屋内に出ます。

驚いたことに、この家には天井がなく、厳重な屋根裏がそのまま露出している。つまり戦闘用の城の屋内の造りである。これでは、天井裏にかくれて、下の室内をうかがう、というふいつもの方法をとることができない。

止むなく、奥へ奥へと進んでいくと扉があります。

彼はその扉に向って踏み出した。途端にハッとして跳び戻った。踏んだ床が、キキ、キク、と鳴ったのである。もう一度用心深く踏み出した。また鳴る。彼は端の方へ歩を移した。そこも鳴る。意を決して一と跳ね跳ねて、二間程先の床へ足をつけた。床はキキキ、ククク、キク、ケケ、と、まるでカワラヒワが飛ぶ時のような音を出した。どこに足を移すこともできない。彼は立ちすくんだ。

途端に左右の壁がクルリと回転して、そこから何人もの侍が躍り出た。

五右衛門は上に向って跳躍した。だが天井は同じくなめらかな漆喰で、どこに手をかけるべきところもない。空しくまた下に戻ったところを、更に加わった人数に押し伏せられた。

魚網のような網を頭からかぶせられ、がんじがらめにされてしまった。

灯火が持って来られ、すべてがあからさまになった。

その時、五右衛門の耳を一つの言葉が打った。

「服部半蔵どの、お手柄でござる。」


五右衛門は半蔵からその配下により動静をすっかり把握されていたこと、半蔵は、結局は、葉津子を家康に差し上げ、彼女は家康の寵愛を集め、半蔵は三千石の旗本に取り立てられたこと、などを聞かされ、やがて、吾市もろともに釜煎りの刑に処せられて、石川五右衛門の物語は終ります。

＊

『忍びの者』は「アカハタ」の日曜版に連載された小説です。この小説は石川五右衛門をはじめとする、下忍という最下層の忍者の悲惨で、無残、非人間的な運命を描いた作品です。プロレタリア小説の時代小説版、忍者版といった趣があります。

それだけでなく、彼らの時代、織田信長から豊臣秀吉、徳川家康にいたる時代の戦国武将たちの戦闘から、浄土真宗をはじめとする仏教、布教がはじまったキリシタン等の宗教の動き、堺商人、鉄砲の伝来と国内製造、その利用、忍者の由来から忍術の種明かしに至るまで、時代背景をしっかりと描きこんだ、教えられるところの多い啓蒙的な小説といってもよいかもしれません。

さらに、作者は唯物論者でマルクス主義者ですから、忍術というものを神秘的なものとみない。極力、私たちの自然科学的な常識で説明するという筆致にも、この作品の特色がある、と思います。たとえば、この小説には次のような叙述があります。


人遁の術のうちに変追手大音声術《へんおうてだいおんじょうじゅつ》というのがある。人遁というのは、人または動物によってのがれる術の総称であり、そのうちで、逃げる時に、逆に追手に変じ、その中にまぎれ込んで、大声で騒ぎ、機を見て遁走する方法であるが、今、カシイが用いたのは、その変法に、楊枝《ようじ》隠れの術を組合わせたものだ。楊枝隠れの術は遁法の極意であって、ただ一本の楊枝でもあれば、それを相手の目の前にほうる。と、その瞬間に、相手の目はその楊枝の動きにひきつけられ、その楊枝を中心とするわずかの空間以外の部分が盲点になるから、そこを遁れ去るのだ。

忍術の極意は「敵の虚を突く」という一語にある。これを「一瞬の虚に実を行なう」ともいう。
　しかし、いうは易く、行なうは難い。敵の虚を知るためには、おのれがまず虚とならねばならぬ。精神を統一し、注意力を集中し、その極致において、敵の極致の虚に感応し得る状態におのれをならせて置かねばならない。すなわち、集中の極致の虚である。

また、村山知義の『忍びの者』は、忍術が中国の「孫子」の兵法に由来し、修験道の行者たちが発展させ、天台、真言の両密教の影響を加えて山伏兵法が完成し、中国から禅宗が伝来して武術と忍術が分化したといい、忍術を生み出した山伏たちは、古来、大和、吉野、鞍馬、伊賀の山々に住んでいたといい、「最後にこの地方には、異民族、帰化人が多かったことも考えられなくてはならない」と書いています。

　この小説は、無残で悲惨、非人間的な運命を辿る下忍を描いた小説ですが、それだけではなく、織田信長から徳川家康に至る戦国時代の武将たち、また、その時代の庶民の生活、風俗、商業、宗教など、いわば、下忍を中心にすえて、ある時代を描いた小説である、ともいえるのです。いかにも饒舌であり、衒学的な面もあり、ストーリーに無理もあり、欠点も多いと思いますが、これまで申しましたように、教えられることの多い、一読に値するエンターテイメントといってよいと思います。

村山知義の『忍びの者』と比べて、司馬遼太郎の『梟の城』がどう違うか、どういうところに『梟の城』の特徴、司馬遼太郎の独創があるか。『梟の城』の読者にはすでに分かっているかもしれませんが、『梟の城』を読み返すことにします。

*

まず、『梟の城』は上忍である葛篭重蔵を主人公とする小説です。副主人公の風間五平もやはり上忍です。これら二人に絡んで、木さると小萩という二人の女性が登場します。木さるは、二人の師である上忍、下柘植次郎左衛門の娘であり、野性的な女性で、風間五平の許婚です。小萩は、小説の展開につれてしだいにその氏素性が明らかになってくる謎の女性ですが、じつは、かつて甲賀一円の忍者のあるじ、近江の国守、織田信長に滅ぼされた佐々木義賢の落胤であり、甲賀忍者の棟梁、望月刑部左衛門に育てられ、石田治部少輔三成から送り込まれて堺の有力な商人、大蔵卿法印今井宗久の養女となっています。したがって、下忍としては、重蔵の下忍、黒阿弥が登場し、彼は甲賀忍者の摩利洞玄に殺されますが、この挿話は『梟の城』の主題ではありません。下柘植次郎左衛門も同じく摩利洞玄に殺され、洞玄は重兵衛に復讐されて、殺されますが、このことは後に触れます。

*

天正九年の伊賀の乱で織田信長の軍勢に伊賀の住民たちは、農民から女子供にいたるまで殺戮されます。辛うじて逃げのびた葛篭重蔵は、「土地、家名、肉親という人生の基礎を奪われ、しかもその信長を殺すことに賭けてようやく人生に望みを」もっていたのですが、信長が明智光秀に殺された後は、人生に望みを失い、御斎峠《おとぎとうげ》の祖父が残した庵室に隠れ棲んでいます。

そののち九年、天下はすでに豊臣秀吉に帰していたが、峠にいる重蔵の日常は、なすことがなかった。

時に、行動を求めて重蔵の血が騒ぐことがあった。そうしたとき黒阿弥をつれてただ漫然と京大阪へ潜入してゆくのである。血を鎮めるために、目的もなく大名の邸を物色しては忍びわざをしてあるく。他家の闇の中に身を潜めればふつふつと清潔な昂奮《こうふん》が体の深部からわきおこってくるのは、あるいはまた、それが日頃の怠惰に鬱屈した精神を見るまにときほぐしてゆくのは、重蔵にとっては幼いころから忍びわざの中に心身を育ててきた、いわば天性に近いものであったろう。

とは別に、人生に目標をうしなった重蔵の日常に、いまひとつ為すべきことがあった。この血を、それができることならば、怠惰の中に沈澱《ちんでん》させおおせることであった。――自らを、怠惰の精神へ馴致《じゅんち》させるために、重蔵は看経《かんきん》を選んだ。為そうにも目的がなく、かといって佶屈《ぎつくつ》たる精神を内に燃やしているのは人生の一つの不幸であろう。経を誦《よ》み、声明《しょうみょう》を唱え、梵唄《ぼんばい》をうたい、ついに怠惰に愉悦しうるようになることのみが、峠に棲む重蔵にとっていまは唯一の生きるめあてのように思えた。重蔵が生活を沙弥《しゃみ》に似せて、しかも髪をそりこぼたなかったのは、本来、重蔵に求道《ぐどう》の心がなかったからである。

こうした怠惰に馴致しようとしながら、馴致することもできず、時に血が騒ぐ葛篭重蔵の許を下柘植次郎左衛門が訪れて、豊臣秀吉の暗殺をもちかけます。堺の今井宗久の依頼によるということです。

重蔵は引き受けて堺に向かいますが、途中の旅籠で遊女を買います。杯を重ねるが、女性から「あなたさまは先程からひと滴《しずく》も召し上がっておりませぬ」と見抜かれます。「重蔵は、内心、怖れをおぼえた。重蔵はかつて酒を嗜《たしな》まなかったし、忍者はもともと酒気をきらう。闇の中で気配を嗅《か》がれるからである。ただ巧妙にさかずきを重ね、かつてその手許を気付かれたことはなかった」と書かれています。「女はどちらかといえば大柄な体で、美人とはいえなかった。しかし細い清潔な目とゆたかな頬をもっていた」。甲賀の忍者かと疑いながら、重蔵は彼女と臥所を共にします。

正体を探っている重蔵の同じ指が、つと女をひきよせて、下半身にまつわっている赤い絹の下をまさぐった。女は、びくっとしたようであった。固い緊張がはしって、女は膝をつぼめた。

重蔵は、静かにさぐって、女の深部にいたった。女は懸命になって、乱れようとする息を整えているのが闇の中でもわかった。やがて女は、力がつきたように重蔵の前にからだをひらいた。それからの女は、ただのからだに化した。

女は、小さな叫びをあげて、別人のように重蔵のからだへまつわりついてきた。

重蔵はかすかに笑った。

(ただの遊女か。しかも稼《かせ》ぎをはじめて、まだ日も浅い……)

思いつつも、重蔵はなお、女の中に動いている敵を感じつづけた。

女は狂おしい所作をした。たとえこの女が重蔵へ目的をもった甲賀の者であったとしても、この刹那はただの白い肉体にすぎなかった。

この女性が小萩です。彼女は今井宗久の許へ案内するために重蔵を出迎えたのです。しかも、小萩は石田三成と繋がりをもち、今井宗久が秀吉暗殺の陰謀を図っている、その証拠を摑もうとしているわけです。ところが、小萩は遊女に身をやつして重蔵に近づいたものの、重蔵に惹かれて彼を恋い慕うことになるので、重蔵と小萩との間における、色模様をまじえた虚虚実実の駆け引きが、この小説の読み所の一つです。

＊

一方、風間五平については、織田信長の天正九年の伊賀攻めのさいの彼の心境を『梟の城』はこう書いています。


忍者とは……風間は思う。……すべての人間に備えられた快楽《けらく》の働きを自ら封じ、自ら否み、色身《しきしん》を自虐し、自虐しつくしたはてに、陰湿な精神の性戯、忍びのみがもつ孤独な陶酔をなめずろうとする、いわば外道の苦行僧にも似ていた。

「その苦行のはてに……」

なにがあるか。――わずかに、粟《あわ》を食《は》める程度の報酬があたえられるにすぎまい。

「しかも」

風間は、目の前のおびただしい敵営の篝火を眺めた。

「このいのちの外道たちがやろうとしている目の前の仕事というのは、粟一粒の報酬さえない。……その嗤《わら》うべき滑稽さ」

自分の咽喉を敵の刃《やいば》一分の下に曝《さら》して、あとに得られるものは、自らの術に対する悪酒のような自慰のみであろう。多くの忍者は、その精神の中に、神も、あるいはほとけも住ましめなかった。ただ、この自慰の中に生き、その身を傷つけて作った、体液のにおいのする法悦の中で死んだ。

「しかしわしのみは、そうは生きぬ。忍者が、人の世の楽しみを求めて、どうわるいか」

豊臣秀吉の治下、風間五平は、下呂正兵衛康次と名を変えて、京都奉行前田玄以に二百石で召抱えられ、隠密役をつとめることになります。彼は「伊賀を捨てた。しかし仲間が捨てさすまい。身を守らねばならぬ。そのときは、問責に来る伊賀の使いを斬るか、罪状を設けて死罪におとすつもりであった」という覚悟でした。

そこへ木さるがやってきます。五平はいやがる木さると無理に契ります。「わたくしを妻にしてくださる?」と訊ねる木さるに「する」と答えますが、五平は、むなしい目付をしています。いまは武士となった五平は、武士が忍びの者の娘と結婚するというようなことはありえないことを承知しながら、木さるを騙したのです。しかも、木さるは大身の武士の妻になれると信じて、五平と契りながらも、重蔵をも慕っているのです。

やがて十年ぶりに五平は重蔵と出会います。

「伊賀の掟として、伊賀を捨てて大名に仕官した五平を重蔵の手で斬らねばならなかった」。「五平を斬るのは、おのれの半生に刃を当てるようなはげしい痛覚がある。友情というよりも、これはさらになまな感覚であった」とあります。そんな心情からなかなか重蔵は五平を斬る決心がつきません。
その間、黒阿弥は手先の三十人近い乱破をつかって「秀吉の治安を愚弄するため、聚楽第の膝元で盗賊をはたらきはじめ」ます。

忍びの陰陽三十八術のうち、偸盗術というものがある。
偸盗のための忍び具だけでも、大クナイ、トイガキ、シコロ、結び梯《はしご》、浮橋、聴鉄《ききがね》、まきビシ、水中スイリ、水中かぶと、浮踏《うきぶみ》、飛梯《とびはしご》、雲梯、鉤梯《かぎはしご》、巻梯、蜘蛛梯《くもはしご》、探鉤《さぐりかぎ》、入子《いりこ》かぎ、鑰子抜《かぎぬき》、がんじき、忍び釘抜《くぎぬき》などとおびただしい数にのぼるが、むろんそれらのすべてを常に用いるわけではない。

これは村山知義の『忍びの者』の記述とはまったく相反しています。どちらの記述が正しいか、私には知識がありませんが、忍者小説というものは、資料の見方によって、かなりに自由に構想をはばたかせて書くことができるようです。

＊

やがて、五平は前田玄以から忍者であることを見抜かれ、その上で、京に跳梁している盗賊は

「まさか徳川の世を招来する陰謀を後楯《うしろだて》にして働いておるのではあるまいな」、とその探索を玄以から命じられます。

　ここで甲賀忍者の摩利洞玄が登場します。洞玄によって、重蔵の下忍である黒阿弥が殺され、重蔵の師である下柘植次郎左衛門も殺されます。そこで、彼らの仇討ちのために重蔵が洞玄と決闘することになります。この忍者間の決闘は、この小説の主題ではありませんが、卓越した話術の持ち主から聞くような、緊迫した作者の叙述もこの小説の興趣の一つですから、引用いたします。


　重蔵は、四間離れて、茂みの中から、こじりを先にむけ、鞘ぐるみにして飛ばした。刀は洞玄の頭上を過ぎようとして、きらりと鞘を放れた。鞘は池の中に落ち、洞玄はすでに空中でつかを握っていた。刀は、そのまま、上段の位置にあった。とみたのは、ほんの一瞬にすぎない。

　洞玄は、真っ向から躍りこんでいた。時間にすれば、重蔵が刀を投げたのと、洞玄が躍りこんでくるのと、紙を表裏に翻《かえ》すよりも速かった。不覚にも重蔵の態勢は、出来あがっていなかった。自然、受けの立場になり、二間跳びすさった。同時に刀を抜いた。もう半歩退がれば、すでに池である。

　重蔵が退がると同時に、洞玄は上段のまま跳躍を再び重ねた。蛙が跳ぶのに似ていた。世の常の兵法者なら、当然腰の崩れをおそれて避ける所であったが、忍者のみが、時に、この異様な刀法を行う。

重蔵はもはやさがれない。

それとも、受けるか。しかし無事受けとめたところで、渾身《こんしん》の力で振りおろされる洞玄の勢いのために、重蔵の位置は、自然、後方へ圧迫される。うしろは池である。左足は池に入って体が崩れ、二度目は防げても三度目の襲撃には真っ向から斬られ去るのを待つようなものであった。

しかし、重蔵は、退がらなかった。受けとめもしなかった。やにわに膝《ひざ》をそろえて地に沈み同時に下段に構えていた刀を翻《かえ》して刃を上にむけるや、落ちてくる洞玄の刃よりわずかに早く、天をめざして跳ねあげた。わずかでも遅ければ、重蔵は据え物のように斬られた。その紙一重の差を賭《か》けたのである。

「きあっ」

洞玄は叫んだ。血を吹きあげて飛んだのは、洞玄の手首であった。手に、重蔵の与えた刀が握られている。二つながら、池心のかなたへばらばらと落ちた。しかも、腰を高く浮かしたまま殺到してきた洞玄の体は、その勢いのために水際で踏みとどまりえず、重蔵の体を越えて、斬られた手首を追うようにどうと四つ這いになって、水面にかぶさり倒れた。

ここで洞玄は重蔵に命乞いをします。手首の手当てを勧める重蔵をふりきって洞玄は立ち去ろうとしますが、出血のため絶命します。まことに壮絶な死としか言いようがありません。

＊

この洞玄の死の前に「吉野天人」という章があります。演能の能役者にまぎれて、秀吉の観桜の機会に重蔵は秀吉を狙うのですが、これは風間五平の狡知のために失敗します。重蔵は五平と闘い、さらに小萩が指揮する甲賀忍者の集団に囲まれて死地に陥り、危うく危機を脱します。この吉野の満開のサクラの下で繰り広げられる凄絶な闘いは、この小説中でもことに印象にふかい場面です。

ついで、木さるの最期も見届けることにします。木さるは五平とともに甲賀忍者に襲われます。どうしてそうなったかは省きます。

五平は駈けながら、手にもった刀を夜空高くに投げた。刀は、数秒、天にとどまり、やがて放物線をえがいて全く別な地点へ落ちた。

「あ、あそこか」

ふと、追手が、黒い草の向うへ耳をまどわされて、足をとめた。

「われはそちらへ行け」

こうして、五平の時間が稼げるのである。その手しかなかったとはいえ、五平の手には、鎧通《よろいとお》しと星形の忍び手裏剣のほかに、身を守る武器は残されていない。忍者は、通常、脇差を無用のものとして帯びることがなかったのである。

そのとき、横あいから、

「あ、五平！」

と、低声で叫んで飛びだしてきた影がある。

五平は、とっさにそれが木さるであると覚《さと》り、駈けながら、これはまずい、と思った。

五平は、がば、と地に伏せた。数秒後には、追手が五平の体の上に殺到するであろう。しかし、五平は、実をいえば木さるが「五平」と叫んで飛び出してきた瞬間において、木さるを追手に売り渡していたのである。五平は、おのれの姿を木さるの目から消した。木さるは、自分の目を疑うような仕草で、立ちどまった。五平の思うつぼであった。その瞬間から、木さるが五平の身代りになっていた。そこへ殺到してきた追手が、木さるの姿をとらえて、

「ここにいる」

彼等が犬のように吠えたのは当然の帰結であった。五平は、そこまでの計算がとっさに出来ていた。

途中を省略します。

人数に取りかこまれながら、木さるの白い顔には、恐怖がうかんでいなかった。むしろ、唇を小さくひらいて、楽しげでさえあった。彼女は、一つの覚悟をきめていた。こうした絶体絶命の事態に追いこまれたとき、一つの脱出法がある。幼いころ、父親の下柘植次郎左衛門が教えてくれたことだ。木さるは、それを正確に思い出そうとしていた。そして思い出した。それは、斬られることだ。

木さるの影を押しつつむようにして、六人の敵が殺到した。木さるは、とっさに判断した。そして、目の前に覆いかぶさってきた甲賀者のひとりを選んだ。木さるは、白い左腕をあげた。同時に、ためらいもせず、頭上の白刃にむかって幼児のように走った。

木さるは左手首を失います。そして「もはや、わたくしは、あの二人が居る世界には戻れまい」と呟いて、去っていくのです。憐れで切ない話です。

＊

重蔵は首尾よく伏見城に忍び入り、秀吉の寝室に降り立ち、秀吉を起こします。重蔵は、「黙々と枕もとで胡座を組んで」います。「妙なものじゃ」と思います。「可笑しみがこみあげてきた。天下の支配者といっても、怪獣や魔神の相形《そうぎょう》を備えているわけではなかったのが、おかしかったのである。目の前には、六十近い皺《しわ》ばんだ肉体がころがっているにすぎないではないか」。重蔵と秀吉との間にかなりに長い問答があり、しまいに、重蔵が秀吉の襟首を摑み、拳で秀吉の顔を力まかせに殴りつけて、重蔵は退散するのです。

ところが、重蔵を追って、彼を捉えて手柄にしようとした五平は、重蔵が去った後になって、不審者として、捕まってしまいます。前田玄以家ではそのような家臣はいない、といいます。重蔵を追って伏見城へ来る途中、馬方と口論から乱闘になり、その場しのぎに石川五右衛門と名乗ったことから、石川五右衛門ということにされてしまい、釜煎《い》りの刑に処せられます。

そのころ、二人ながらに俗世を捨て、俗世の恩讐としがらみから自由になった重蔵と小萩は伊賀、御斎峠《おとぎとうげ》の庵室で平安な生活を送っています。小萩が摘んだ野草の中から薬用になるものを干し、それを里にもっていき、売りにだして生計を立てている。この小説の終りに近く「そういう重蔵と小萩の上を、平凡な山里の歳月が流れて行った」と作者は書いています。

＊

『梟の城』は葛篭重蔵を主人公とする波乱万丈の英雄譚と読むことができます。これは男のロマンを描いた小説です。それ以上に、忍者についての考察もなければ、時代背景についてもほとんど叙述がありません。また、共感できるかどうかはともかくとして、『忍びの者』には下忍に対する哀憐、同情にみちた、イデオロギー的な思想がありますが、『梟の城』には思想らしい思想がないようにみえます。また、『忍びの者』ほどの視野の広さはありません。しかし、葛篭重蔵と摩利洞玄との決闘や木さるの死に至る甲賀忍者との死闘などにみられるような、手に汗にぎる、迫力にあふれた叙述は非凡としかいいようのないものです。それだけでもじつに感興ふかいエンターテイメントであろうと思います。ただ、無思想なエンターテイメントかといえば、そうではないと私は考えています。この小説の題名に取られた梟という言葉は魔利洞玄の言葉にあらわれています。洞玄はこう言うのです。

忍者は梟と同じく人の虚に棲み、五行《ごぎょう》の陰の中に生き、しかも他の者と群れずただ一人生きておる。

『忍びの者』に、忍術の極意は「敵の虚を突く」という一語がある、とありましたが、忍者は人の虚に棲む、とは同じことでしょう。ただ、人の虚に棲む、はよほど洗練された表現といってよいでしょう。

風間五平は功利的であり利己的であり、品性下劣ですが、じつは忍者の世界という「虚」の世界から脱出して「実」の世界へ入り込むために、いいかえれば、人間らしい生活を求めて手段を選ばず、苦労している人間なのです。葛篭重蔵も小萩も「虚」の世界の空しさを痛感してしまったからこそ、御斎峠の庵室で貧しいけれども、人間性を取り戻したのです。『忍びの者』はじつに非人間的な悲惨で残酷な運命を辿る人々の物語です。しかし、『梟の城』は忍者という非人間的な世界に生れ育った英雄的な男性の人間性の回復を求めるロマンであり、ロマンに惹かれて共に世に隠れ住むことを選んだ女性の物語であり、その間に夢を果たせぬままに死んでいく哀しい人々の物語でもあるのです。

『梟の城』をそのような小説だと解したとき、当然のことですが、私たち自身が「虚」の世界に生きているのか、「実」の世界に、あるいは、真に人間的な生を生きているのか、を問うことになるでしょう。この問いかけは『忍びの者』のイデオロギーによる問いかけよりも解答が難しい、と私には思われるのです。

『新選組血風録』と子母澤寛『新選組始末記』

『新選組血風録』は司馬遼太郎の時代小説中屈指の傑作だ、と私は考えています。時代に翻弄され、非業の死を遂げていく人々の無残な運命、それらの人々の強烈な個性、新選組という酷薄非情な組織、その背景をなす激動する幕藩体制衰退期の政治情勢、それらの人々が展開する悲劇の舞台となっている京都という伝統的な都市の風趣。これらが渾然となって描かれていることに私たち読者が『新選組血風録』に感銘を覚える所以があるように私は思います。

＊

『新選組血風録』は第一話から第十五話までの連作という形式で書かれており、これらの短篇でさまざまな死が描かれていますので、それらの死がどういうものかをまず見ることにします。

第一話「油小路の決闘」は伊東甲子太郎《いとうかしたろう》の暗殺を扱っています。もともと尊王派だった伊東は、誘われて配下八名とともに新選組に加盟した人物です。近藤、土方ら、新選組主流派の考え方を、自分の弁舌によって説得して変えられると思っていた才人です。加盟した伊東は新選組の参謀として、副長である土方歳三と同格の処遇をうけたのですが、新選組局長の近藤勇以下が幕臣に取り立てられるという話があったときに、幕臣になることを潔しとしないとして脱退し、伊東と志を同じくした同志十五名と禁裏《きんり》御陵衛士を名乗りました。伊東らの宿舎には「とくに朝廷からゆるされて菊と桐の紋章を染めぬいた幔幕をはりめぐらした」とこの小説には書かれています。その伊東甲子太郎を近藤がその妾宅に招待した。その帰途、伊東を土方らが暗殺します。これが暗殺の第一段階で、新選組は伊東の死体を油小路の四ッ辻まで引きずってゆき、死体を引き取ろうとした伊東配下の七人を四十人を越える近藤、土方の配下がとりかこんで、すさまじい乱闘の末、伊東の同志七人のうち、新選組結成以来の近藤らの仲間であった藤堂平助を含む三人が斬殺され、四人は辛うじて乱闘から逃れることができた、という話です。伊東甲子太郎らと近藤、土方らの新選組主流派は幕臣になるかどうか、佐幕か尊王か、というイデオロギーの違いで分裂したわけですが、円満に分裂できるだろうと楽観的に事態を見ていた伊東という才人が才能を過信して、自ら死を招いたともいえます。ただ、この伊東の暗殺はことさら近藤の妾宅に招待して酔わせた、その帰りに待ち構えて暗殺するという手段、伊東の死体を囮にしてその配下を四十名を越える人数で待ち構えるという手法が、何とも残酷です。

第二話「芹沢鴨《せりざわかも》の暗殺」は、その題名のとおり、近藤と並ぶ新選組の局長であった芹沢鴨がその妾と裸で寝入っているところを土方、沖田総司らが暗殺する話です。もともと新選組は新徴組という名称で、清川八郎がその世話役となって、徳川幕府が京都の治安維持のために浪士を組織したものです。近藤、土方らはこの新徴組に加わって京都に上ってきたのですが、清川が公家方に接近していることが幕府に知られて、新徴組は江戸に帰ることになった。そこで初志を曲げることなく、京都にとどまったのが芹沢鴨とその一統、近藤、土方らの一統でした。彼らは新選組と名称を変え、京都守護職松平容保に嘆願して「会津中将御預《おあずかり》」という身分になります。この時点では、新選組は三人の局長による集団指導体制でした。局長の筆頭が芹沢、次が近藤、三番目が芹沢系の新見錦《にいみにしき》という人物でした。近藤、土方は新選組の支配権をとるために芹沢の暗殺を計画し、成功して、近藤、土方の支配体制を確立するわけですが、近藤らは、芹沢の死を病没と届け出て、新選組の名において局長芹沢鴨の盛大な葬儀を営んでいます。

これは新選組という組織における支配権争いの内紛です。芹沢は水戸藩の浪士で天狗隊の生き残りで、知られた人物です。たしかに粗暴で好色、ずいぶんと問題のある人物であったようです。しかし、暗殺の仕方がじつに酷薄です。しかも、近藤らが自分たちで殺したのに、病疫と届け出て、知らぬ顔で自分が主宰して葬儀を営むのですから、厚顔無恥としかいいようがありません。いかに芹沢に欠点があったにせよ、眉をひそめたい気分を強くします。

第三話「長州の間者」は長州藩の吉田稔麿《としまろ》に命じられて新選組に間者として入隊する深町新作の話です。深町の父親は長州藩の家老に仕えていたが不都合があって扶持を離れた浪人でした。

この父親は新作に、よい武士になれ、と遺言し、新作は剣術を修業し、通っていた道場でも五指に数えられるほどの腕前になります。たまたま琵琶湖の竹生島弁天に姉婿の代参に行き、京都の娘と知り合って、情を交わしたことが縁になって、その娘と結婚して町人になるようせがまれるのですが、武士になる夢が捨てきれません。その娘の姉の取り持ちによって吉田稔麿に会い、新選組に送り込まれるのです。最後に間者であることが発覚して、同じく長州から送り込まれた間者であった松永主膳を斬る破目になり、同時に深町も沖田総司に斬殺されます。深町は吉田稔麿からもう一人長州から間者が新選組に入り込んでいると教えられていたのですが、間者であると発覚する以前、長州の間者だということで二人の新選組の隊士が斬り殺されて、彼らの血が流れているのを見ましたし、さらにもう一人の間者も死んだと聞かされます。おそらく、その三人の間者というのは無実だったのだろうと深町は思うのですが、もう一人の間者が誰かは吉田から教えられていないので分かりません。間者として入れば、発覚すれば殺されるのに決まっているのですから、苛酷な命令ですし、もっと悲惨なのは、疑いをかけられれば、もうそこで殺されることになる、そういう組織の怖さであり、時代の怖さでもあります。

第四話「池田屋異聞」は名高い池田屋事件を取り扱っていますが、視点が特異です。というのは、山崎蒸《すすむ》という人物の視点からこの事件を描いているのです。山崎は大阪の出身です。新選組の主流派は、近藤が道場を構えていた天然理心流の門下ですから、山崎は主流派ではありません。しかも、新選組の監察という重要な役についていたのは、現在でいう大阪の財界の消息に通じていたからだと、この小説には書かれています。新選組に金が入用のときはこの山崎の案内で大阪に出かけて、金を調達したということです。この山崎はかねてから大高忠兵衛という男に侮蔑されていた。それは大高が赤穂浪士の一人、大高源吾の子孫であるのに対し、山崎は赤穂藩浅野家の重臣で、大石内蔵助などと共に赤穂浪士に加わって吉良家に討ち入る盟約を交わしていたのに、途中で脱落した奥野将監の子孫だからだった、ということです。そこで、池田屋に近藤、沖田らが切り込んで、集まっていた長州藩の吉田稔麿、肥後藩浪士の宮部鼎蔵《ていぞう》らと乱闘の末、斬殺するわけですが、これをこの小説では、山崎が池田屋に集まっていた一人の大高忠兵衛と出会って、「逃げる気か、畜類の子」と罵られ、「怒りが山崎の刀技に奇蹟」をうみ、「忠兵衛のよく実《みの》った首筋を割りつけ、皮一重を残して忠兵衛の首が右へ垂れ、どっと倒れてくるところを滅多やたらに斬りつけ」、「白刃で死肉を狂気のように叩き割りながら」「将監さま、ご覧《ろう》じろ」と夢中で叫んでいたという。「山崎がなぜこんなことを言ったのか、筆者にもその気持がよくわからない」と司馬遼太郎は書いています。

これは、池田屋事件の余話のような挿話ですが、新選組の本来の職務である浪士取締りの事件です。いったい、浪士が京都に入ったということだけで、「会津中将様御預《おあずかり》新選組である。御用のすじがあってあらためる」というなり、問答無用で斬りつける、こういうやり方が正当か、どうかを問わなければ、つまり、法的手続などを度外視することとすれば、ごく当然の事件であり、新選組の手柄とみてよいのでしょう。もちろん、斬られた浪士の側もそれなりの覚悟で集まっていたに違いありません。

第五話「鴨川銭取橋」は新選組の狛野千蔵が斬られたことから話がはじまります。途中は省くこととして、斬ったのは薩摩藩の中村半次郎、後の桐野利秋と判明、狛野が所属していた新選組の五番隊の隊長である武田観柳斎《かんりゅうさい》が薩摩藩と通じていたことが分かります。武田は武芸のほか、長沼流の軍学の免許をもっている、ということを特技として新選組に入ったのですが、近藤に巧妙にとりいった、と書かれています。長沼流の軍配と采配を作らせて、近藤に献上した、その上で、その軍配と采配は調練に必要だからといって借り受け、この采配の権威を同志に向かって存分に利用した、とあります。武田観柳斎はこんな小細工を弄する老獪な人物だったようです。薩摩藩と通じていることが発覚して、武田は近藤に呼ばれます。「節を変ずるにはよほどの御存念があったのだろう。いずれにせよ男子の別れである、わだかまりなく別れの杯を汲みたい」と武田は近藤にいわれます。近藤は武田の陳弁を聞きません。杯を交わした後、近藤は新選組屈指の剣客、斎藤一に「薩摩屋敷までお送りするように」と命じます。武田は斎藤と一緒に宿舎を出ますが、薩摩屋敷には入りません。鴨川の銭取橋にさしかかって、斎藤が、何処へ行くか、と尋ねると、故郷出雲へ帰る、と答えます。そのときには斎藤はもう刀のツカに手をかけている。「武田君、よろしいか」「心得ている」といって、「武田は腰をひねるなり抜き打ちで斎藤の面上に浴せかけたが、斎藤の撃ちのほうが一瞬はやい。キラリと抜きあわせるなり、逆胴を真二つに抜きうって、数間むこうに飛んでいた。武田観柳斎、即死。」という文章でこの短篇は結ばれています。このたたみかけるような、歯切れのよい文章が読者の心を痺れさせます。

武田観柳斎は裏切り者に違いありません。しかし、その処罰のやり方が新選組独特です。斬りあう前に、よろしいか、という問答をしているのですから、尋常な果し合いになっていますが、剣術の腕前では新選組でも屈指の斎藤一に同行させるということは、途上で斎藤に斬らせるということだったわけですし、そのことを武田も承知していたから、薩摩屋敷には入らない。そもそも、近藤が別れの杯を交わすことも必要はないのです。この殺し方はじつに陰湿な感じがいたします。

第六話「虎徹」は近藤勇の愛刀「虎徹《こてつ》」の話です。本物の虎徹なら数百両はするという「虎徹」を近藤は二十両で刀商の相模屋伊助から買い求めます。鑑定眼のたしかな人が見ると、これは贋物で、本物の虎徹ではありません。しかし、近藤が不審の浪士を斬りつけると「刀は、うそのように相手の脳骨に吸いこまれた」。「刀は、持ち手によって魔力をおびるものだ。斬れる、と信じたとき、近藤はおそらく実力以上の使い手になっていた」とこの小説には書かれています。その後、大阪の豪商鴻池から近藤は虎徹を贈られます。ところが、この鴻池虎徹で斬りあってみると斬れない。鴻池虎徹は贋物だと近藤は信じてしまいます。新選組屈指の剣客斎藤一が「天眼鏡をとりよせ、しさいに刃をしらべた。なんと、物打《ものうち》のあたりから切尖にかけて無数の小さな刃こぼれがならんでいる」。「ははあ、鎖の着込みをつけた男を斬られたようですな。それで斬れぬというのなら、虎徹がかわいそうですよ」と斎藤は言いますが、近藤は「本来の虎徹ならば鎖ごと斬れるはずだ」と言い張る。斎藤は近藤の不機嫌をおそれて、それ以上は言うのを止めてしまいます。

その後、近藤が「虎徹」を買った刀屋を土方が呼びだして、五両置いて、「些少だが、受けとっていただく。礼金だ」と言います。近藤が買った「虎徹」が贋物だと言わせないためです。その結果、「近藤の虎徹の雷名が江戸の大名、旗本屋敷にひろがり、公儀筋にまで取り沙汰されたのは、この直後であった。江戸の口は早い。むろん最初は相模屋伊助が自家の宣伝のために言いひろめたものだが、これが新選組の宣伝にもなった。土方の芝居は、そこまで見ぬいて打っている」とあります。さらに、その後、斎藤一がまぎれもない正真正銘の虎徹を掘り出し物で手に入れてきて土方に見せます。土方は「虎徹は、近藤先生だけでいい」といって取り上げてしまいます。最後に池田屋を襲撃したとき、近藤が土佐藩脱藩の北添佶麿《きたぞえよしまろ》を斬りすてます。「近藤は奥の間へ突き入った。信じている。虎徹には憑きものがあると。刀が敵を斬るのか、使い手の腕が斬るのか、こういう場合の剣技のシンの在りかは、いま想像しようもない」と司馬遼太郎は書いています。この小説は、近藤勇が江戸の養父に出した手紙に、自分の「刀は、虎徹ゆえにや、無事に御座候」と結んだ文章を引用して、終わっています。

この小説は、刀が斬れるか、斬れないかは、名刀と言われる刀の真贋によるわけでもないことを教えているようですが、近藤の人の良さ、単純さもさることながら、刀屋に五両与える土方の読みの深さ、斎藤一から本物の虎徹を取り上げる土方の冷酷さ、あるいは、組織を維持するための苛酷さが、この小説の読みどころであろうと思います。

第七話「前髪の惣三郎《そうさぶろう》」は新選組内部の男色から起こった悲劇を描いた作品です。新選組に加納惣三郎という十八歳の若者が入隊します。「挙措動作、匂うようにみごとな男」で、「近藤には衆道の気《け》はないが、かといってこれほどの美しい若者をみるのは、わるい気持がしない。土方でさえ、不覚にもときめくものを覚えた」とあります。この若者が彼と同時に入隊した田代彪蔵と衆道、男色の関係をもつこととなり、さらに惣三郎に懸想した湯沢藤次郎という隊士が斬られます。右袈裟《けさ》一刀で絶命している。下手人は誰か、ということになって、田代と決まり、加納惣三郎に斬らせることとなります。二人の斬りあいになると、惣三郎が、「ゆ、ゆるしてくれ」と言います。真相は湯沢を斬ったのも惣三郎であったらしい。土方はやりきれない感情がつきあげてきて(化物め)と、唾をはいた、と書かれています。

当時のことで、男色はそう珍しいことではなかったのでしょう。男同士の愛情のもつれから、斬った、はった、という争いが起こることもあったでしょう。ことに新選組のような男ばかりの集団生活の中で男色の問題が生じることは避けられないことかもしれません。

ただ、この小説の悲劇は隊員同士の男色のもつれから殺しあい、しかも、下手人と目された隊士を男色の相手に斬らせる、そういう新選組の非情さにあると思います。やりきれない気分に襲われるのは土方よりも、むしろ読者でしょう。

第八話「胡沙笛を吹く武士」は髪結いの小つるが祇園林の小道を東に上った真葛ヶ原で奇妙な

音曲を聞くことから話が始まります。横笛でもない、尺八でもない、その音曲を奏でていたのは新選組の隊士、奥州南部藩の郷士であった鹿内薫、笛はむかし蝦夷が吹いていたものという。鹿内は小つるを愛するようになり、子供も生まれ、新選組からの脱退を考えます。当然のことですが、隊士として働くべき時にしり込みするようになります。鹿内は「怯懦」と判断され、「士道不覚悟」と近藤が土方に言います。原田左之助が土方に呼ばれ、「君の隊に、怯懦の者がいる。捨てておけば隊が腐る」と言われ、原田は「私が始末します」と答える。原田は、巡察に出る、同行は、橋本会助君、鹿内薫君、と声をかけ、一行が真葛ヶ原の林にかかったところで、原田が「鹿内君、君も武士だ。きょうの巡察がどういう用であるか、うすうすわかってくれていると思う。抜き給え」と言います。「鹿内は、はっ、と欛《つか》に手をかけた。恐怖があった。恐怖のまま、原田の白刃が右肩へ吸い込んだ。鹿内はどうと倒れた」と書かれています。

私は「士道不覚悟」という言葉にこの小説か、あるいは『燃えよ剣』で、はじめて出会ったのですが、たぶん武士としての心構えがない、という意味でしょう。それにしても、怯懦と判断されると「士道不覚悟」で殺されることになる、新選組の隊則は苛烈きわまりない、いかにも非人間的な感じがいたします。たまたま、女性を愛することとなり、子をもつことになれば、脱退したくなることは人情の自然ですから、そういう隊則で隊士を縛っていた新選組という組織はじつに非情で、鹿内の運命は憐れとしかいいようがありません。

第九話「三條磧《かわら》乱刃」は近藤や土方と同郷で、はるかに年長、近藤の道場の同門、剣術は下手だが実直な井上源三郎が隊士の国枝大二郎と本願寺境内の道場で剣術の稽古をしていると、浪人体《てい》の者が二人、新選組とは、この程度か、と嘲笑した。調べてみると、彼らは肥後藩士の巣窟になっている三條大橋のたもとの小川亭という旅館にかくまわれていることが分かる。そこで、井上と国枝が汚名をはらすために小川亭に出かけていく。それを知った土方、沖田らが、井上が殺されることになったら郷里《くに》の連中に合わせる顔がないということで、応援に駆けつける。井上らを嘲笑した二人は肥後藩の応援をうけ、新選組と肥後藩の武士たちとの乱闘になる。「この夜、新選組の損害は、絶命三、深傷三、浅傷五人であった。死者のうち一人、深傷の三人は、どうやら闇のために味方に斬られたものらしい」。負傷はしたものの井上も国枝も助けられました。死者三人は「天然理心流の同門者を救うために、近藤、土方が払った代価である」。三人の死は隊士の福沢には不都合におもわれた、とあります。

新選組とは、その本質は、近藤、土方ら天然理心流の同門、同郷者を核とする私的な集団であって、その他の隊士は近藤らの道具に使われたにすぎない、という悲惨さをこの挿話は語っているようです。

第十話「海仙寺党異聞」の主人公は長坂小十郎という居合の達人です。彼は蘭方医になるために緒方洪庵塾に入ろうと思って京に出てきたのですが、紹介をあてにしていた蘭方医が死んでいたために途方に暮れていました。そこで、知人の中倉主膳が新選組に加盟していることを思い出して、中倉を訪ねたところ、新選組に入隊する破目になってしまった。この中倉が情婦を訪ねたときこの情婦の許には別の男がきていた。中倉が来たので押入れに隠れていた。押入れを背にして中倉が情婦を問い詰めていると、押入れの中から武士がとびだして、中倉の背中を斬りつけ、中倉は全身朱を浴びたようなすさまじい姿で宿舎に戻ってきた。その結果、中倉は士道にもとり、隊名をはずかしめたということで、切腹でなく、斬首に処せられることになります。その役を長坂が命じられて、中倉は死にます。何とか中倉の恨みを晴らそうとして、長坂は中倉を斬った水戸藩の赤座智俊その他の連中の住処である海仙寺に行き、赤座を含む水戸藩士を斬り、赤座の首をもって宿舎に帰る。土方は「長坂君、このこと、たれにもいうな」といって路銀三十両の餞別を渡し、京都を離れさせます。土方は水戸藩と事を構えるのをおそれたのでしょう。おかげで、長坂は長崎に行って医業を修めることになった、という話です。

これも新選組内の私闘にすぎません。大義名分のある殺戮とはいえないでしょう。しかし、話としては、偶然が偶然を生んでいく、意外性に富んだ、じつに面白い作品です。

第十一話「沖田総司の恋」はこの連作短篇十五編の中で唯一、殺人のない、ほのぼのとした、恋物語です。新選組随一の剣客である沖田総司は池田屋事件の最中に喀血します。沖田は、当時は労咳といった、いまは肺結核に罹っていて、病状はかなり進んでいたのでしょう。沖田がたまたま診察を受けた医者は半井《なからい》玄節といって、西本願寺門跡の侍医を兼ねていました。西本願寺は長州藩、尊王攘夷派と縁がふかい。沖田がこの半井の娘を好きになるのです。しかし、純情可憐で、手も握れない。話しかけることもしない。この恋を知った近藤、土方らが半井に正式に結婚を申し込むのですが、断られる。近藤は沖田を自室に呼んで話します。「沖田にとっても、このことは、寝耳に水のようなものであった。自分のためにいろいろと配慮してくれるのはいいとしても、事態は沖田を離れて、十町も二十町もむこうで空転してしまっている」。沖田は、「私はただ、あの娘をつまり、遠眼でみているだけでよかったんです」というが、彼の気持は理解してもらえません。彼は「絶句したまま自分でも正体の知れぬ涙が、まぶたにあふれてきて、あわてて立ちあがった」と書かれています。

この短篇は、血なまぐさい『新選組血風録』の連作の中で、まことに清々しい感じを与える作品です。

第十二話「槍は宝蔵院流」は、新選組屈指の剣客であり、新選組に当初から加わっていた斎藤一と隊士募集に応じて後に加盟した宝蔵院流の槍の名手という谷三十郎との確執を描いた作品です。

谷の養子にほれこんだ近藤がその男を自分の養子にして「周平」と名をあらためさせます。この周という字は近藤の養父、周助、隠居して周斎の周をとっているので、近藤がいかにこの養子縁組を重く見たかが分かります。その縁組を契機に谷三十郎が新選組の隊内で勢威を振るうようになります。この谷と試合をするよう斎藤は土方から命じられます。この試合は双方が疲れるまで立ち会って勝負がつかない。審判の沖田総司が引きわけを宣して終るのですが、谷はすでに勝っていると言いふらし、斎藤はあれはおれの負けだと淡白に認めていました。池田屋へ斬りこんだとき、周平は近藤と同行したのですが、逃げまわって騒ぎにまぎれてしまった。それ以来、近藤は周平を身辺から遠ざけてしまいます。その後、田内知《でんないさとし》という隊士が情婦をなじると隠れていた男に不意に仕掛けられて足を斬られ、情婦と男は逃げてしまった、という事件がおこります。田内は士道不覚悟ということで、切腹を命じられます。

介錯は谷三十郎、検視が斎藤一です。田内は左腹に刃を突き立て、それを右へまわそうとしたが、力が尽きてしまった。「正式にはさらにその刃を引きぬいて胸の下鳩尾《みぞおち》に刃を下にむけて突きたて、ぐっと押しさげて胸から臍にまで切りさげるのだが、普通、介錯人はそこまでの苦痛を与えしめないために、ほどほどに首を落す」のだそうです。しかし、谷は田内の苦痛をみたまま何もしない。たまりかねた田内が「谷先生、よ、よろしく」と催促する。「谷は、狼狽した。とっさにふりおろした。が、刀は田内の頭ではじけ、田内はその打撃で横倒しになった。「先生、おしずかに」と田内は叫んだ。もう、谷も錯乱している」。谷が介錯できないために酷い惨状になります。見かねた斎藤が「進みよるなり、抜き打ちで田内を斬った。首は地上に落ち、田内は苦痛から解放された」とあります。谷は、自分が太刀をおろそうとすると、斎藤が横合いから妙な気合をかけて呼吸をみだしたのだ、と言いふらし、斎藤を卑怯だ、と非難し、近藤先生に申し上げるつもりだ、と言います。斎藤は、谷先生、立ち会っていただきます、と申し入れます。斎藤は谷の槍を抜きうちでたたき、槍に剣を付けつつすっと手もとにつけ入った。「谷は、槍を引こうとした。引いた。が、遅かった。斎藤の一刀で斬り倒された」と書かれています。すさまじい勝負が一瞬に終る情景が眼にうかぶようです。

これも新選組の内紛です。田内が士道不覚悟で切腹を命じられるのも酷い話ですが、介錯しそこなう谷の醜態、その谷が面子をつくろって斎藤を誹謗する、斎藤が名誉回復のために立会いを申し入れて一刀のもとに谷を斬り捨てる、こうした内紛は組織の中ではありがちなことですが、新選組の場合には命を賭けた争いになる、新選組はそういう集団だったのです。

第十三話「弥兵衛奮迅」は薩摩の郷士、富山《とみやま》弥兵衛が主人公です。伊東甲子太郎の推薦で新選組に入隊したのですが、この人物は大久保一蔵、後の大久保利通に間者になることを命じられていたのです。弥兵衛はひどい虫歯で、痛むと釘抜きで口の中を血だらけにして抜いてしまう。まるで年寄りの翁のような顔になっています。しかし、いつでも腹が切れる度胸のすわった薩摩隼人です。やがて伊東甲子太郎が脱退を申し出ます。弥兵衛の手引とみて、土方は神道無念流の達人、平野一馬《かずま》に斬殺を命じます。平野が待ち構えている火葬場の近くに弥兵衛が来ます。勢いだった平野の気勢をはずすように弥兵衛はふわふわと「何奴《なにやつ》かな」という。「平野の張りつめた神経が、どこか崩れた。いびつになった」と司馬遼太郎は書いています。「抜いてしまっていた。「かあっ」と気合いをあげて上段から斬りおろした、富山は一歩あるいた。生きて歩いた。歩いて、通り過ぎた。通りすぎたあとに、顔を真向から割られた平野一馬の死体が、月をつかむような姿勢であおむけざまに斃れていた」とあります。弥兵衛は薩摩藩邸に逃げ込みます。やがて、新選組を訪ねますが、新選組と薩摩藩の微妙な関係から新選組としては手が出せません。鳥羽伏見の戦争の後、弥兵衛は北陸鎮撫総督の下で転戦し、越後の山雲崎というところで、また、間者をつとめ、水戸藩の柳組という連中に捕らえられ、奮戦して死ぬところまで書かれていますが、これは新選組とは関係がないので省きます。

長州の間者の話が第三話ですが、これは薩摩の間者の話で、長州の間者とは違って、一見、朴訥そうでありながら、凄まじい剣術の名手であり、じつは通常の普通の会話もできるのですが、それを匿して、ふだんは薩摩弁しか喋らない。しかも、身分が低いために間者としてしか処遇されない、富山弥兵衛という人物の憐れさは本人がそういう運命を憐れと感じていないことにあるようです。

第十四話「四斤山砲」は、伊東甲子太郎とともに新選組を脱退した阿部十郎の話です。阿部はもともとは大砲に詳しいわけではなかったのですが、命じられて大砲の操作を学んで新選組の大砲方を勤めていたのですが、大林兵庫という男が入隊してきます。大林は新選組の大砲に使う薬の調合が間違っていると売り込んできた。彼の方が砲術の射程がのびることを示して近藤を感心させます。その結果、大林が伍長格の隊士として入隊し、阿部は平隊士として大林から下僚扱いされてくさっていました。阿部十郎は大林と剣術の試合をして手ひどく負けたので、伊東甲子太郎と同行、脱退して薩摩藩に身を寄せることになります。やがて鳥羽伏見の戦いになります。

「新選組は何度か白兵突撃を試みたが、わずか数十米さきの薩軍陣地御香宮にたどりつくまでのあいだに、ばたばたと射ち斃され」ます。土方は、大林に薩摩軍の砲兵陣地に砲撃を命じますが、うろうろするばかりで、発射できません。発射しても目標には当りません。土方は大林を怒鳴りつけ、やはり張子の虎だったのかと思っています。その狼狽ぶりを阿部は薩摩軍の陣地から遠眼鏡で眺めて、ばかなやつだと嘲笑します。薩摩藩では四斤山砲というものを備えていました。「新選組の大砲は、遠くへ射つばあい仰角をあげればいいのだが、その操作がひどくむずかしい。傾斜地に大砲をすえなければならない」。要するに、時代遅れの大砲なので、操作がひどく困難なうえに、発射に時間がかかる。ところが、薩摩軍の大砲には「射角を上下させる装置と表尺がついており、表尺には目盛《めもり》があって、その目盛どおりに砲口を上下させれば思うところに射てるわけだ」と司馬遼太郎は書いています。そこで、阿部十郎が四斤山砲を発射すると、「砲弾はみごとに新選組の砲側に落ち、砲手二名は即死。兵庫は、爆風にはねとばされて、塀ぎわに体をたたきつけられ、動かなくなった」。「(勝負、見たか)」と作者は阿部の心の中を推し量っています。

これは新選組が、時代遅れの装備しかもたない、剣術使いの集団であって、時代から取り残されていた存在だということを阿部、大林の二人の関係を通じて語ったものでしょう。

第十五話「菊一文字」は沖田総司に刀屋が「菊一文字」という名刀を貸し与えた話です。これは鎌倉期に作られた名刀で、「細身《ほそみ》で腰反《こしそ》りが高い。刃文《はもん》は一文字丁字《いちもんじちょうじ》とよばれる焼幅《やきはば》のひろいもので、しかも乱《みだ》れが八重桜の花びらを置きならべて露をふくませたようにうつくしい」そうです。この刀を借りた沖田が三人の浪士と出会います。そのとき、沖田は知らなかったのですが、沖田の正面で上段に構えていた相手は水戸藩脱藩の浪人、陸援隊に身を寄せていた戸沢鷲郎《わしぞう》だったのです。沖田は逃げます。土方に訊ねられて沖田は菊一文字を示して「この姿、これをいったん見た以上、血を吸わせる気がしますか」と言います。菊一文字という刀はそういう品位があるのだそうです。ところが、こうして沖田が逃げたばかりに沖田の配下の日野助次郎という隊士が戸沢鷲郎に斬殺されます。そこで沖田が敵討ちに出かけます。伏見で沖田は戸沢に声をかけます。「何者だ」と問われて「新選組の沖田総司です」と答えると、戸沢が「ツッ、と踏み出し、大きく飛びこんで、剣を抜きあげた。が正確にはその剣がわずかに鞘を離れきった瞬間、戸沢の笠が破れ、脳天が割れ、飛びこんだ姿勢のまま、勢いよく沖田の足もとにむかって頭からのめり、どさっと倒れた。即死している」ということになります。沖田が菊一文字を使ったのはこのときだけだったように思われる、と書かれています。

ここには菊一文字という名刀に出会って、揺れ動いた沖田の心情が描かれています。新選組だからこういう事件が起こったということではないでしょう。これは品位の高い名刀と出会った剣士がどういう運命を辿るか、という普遍的なテーマにまで到達している、この連作短篇中でもことにすぐれた作品であろうと思います。

＊

ここまではじつは前置きであって、私が申し上げたいことは、これから先なのです。

まず『新選組血風録』の登場人物がそれぞれ強烈な個性をもっていることを確かめることにします。第一話の伊東甲子太郎は、新選組の近藤、土方らを自分の弁舌で説得して尊王派に転向させることができると思うような自信に溢れた人物です。才子が才に溺れて、自ら死を招くことになるわけですが、いわば乱世の一英雄です。

第二話の芹沢鴨は粗暴で好色、水戸天狗党の生き残りで豪傑肌の人物です。

第三話の深町新作は平凡な若者です。父親の遺言のままに武士になりたいと思ったばかりに間者として新選組に送り込まれて、斬り殺されることになります。

第四話「池田屋異聞」の山崎蒸は、赤穂浪士の主君の敵討ちのさいに、赤穂藩の家老でありながら、盟約に背いて脱落した奥野将監の子孫であったことを恥じ、池田屋に新選組が切り込んだときに、大高源吾の子孫である大高忠兵衛と斬り結ぶ、まことに特異な人物です。

第五話の武田観柳斎は、最後は薩摩藩と通じていたことが分かって殺されますが、武芸のほか、近藤に巧妙にとりいって権威を振るうという、小細工を弄する老獪な人物です。

第六話の「虎徹」は贋物であろうが、斬れ味がいいのが本物の虎徹と信じきる近藤勇の頑迷固陋で一途な気質を描いています。

第七話は匂うような美しい青年、前髪の加納惣三郎をめぐる男色のもつれを描いた作品です。

第八話の鹿内薫は南部出身で、蝦夷わたりという胡沙笛を吹くのが趣味の武士で、実直、精勤な隊士だったのですが、京女と知り合って結婚し、子を持つようになって「怯懦」と判断され、士道不覚悟ということで殺されます。こんな人物も新選組に属していた隊士の典型の一人に違いありません。

第九話は井上源三郎を助けるために新選組に三人の犠牲者を出す話ですが、井上は近藤、土方と同門、剣歴は近藤、土方らよりもはるかに古いが、剣術は一向に上達しない、実直な作男のような人物です。

第十話の主人公、長坂小十郎はもともと医業を修めようと志していたのが、偶然、新選組に入ることになった居合の達人です。長坂は偶然の運命に翻弄された若者です。

第十一話は沖田総司の恋物語で、この小説中、唯一の殺人のない話です。

第十二話は谷三十郎という槍の名手が主人公です。粗筋は繰り返しませんが、要領もよく、力量もあるのに、いざというときに力量が発揮できない、それを他人の所為にする、品性の下劣な人物です。

第十三話は薩摩藩から送り込まれた間者、富山弥兵衛の話です。弥兵衛は示現流の達人ですが、朴訥な性格で、表情がにぶく、百姓くさい。しかし、生来の間者の資質をもった人物で、まことに憐れな人物です。

第十四話は、新選組の大砲方であった阿部十郎が、新選組を脱退して、鳥羽伏見の戦争で薩摩藩の新式大砲で新選組の大砲方二名を即死させ、大林兵庫をはねとばして負傷させるのですが、大林はいかにも口舌の徒にすぎませんし、阿部もどうといった識見も技術もない、凡庸な人物です。こうした人々が時代の趨勢を見ながら生きていたのです。

第十五話は沖田総司の挿話ですが、沖田が個性的な人物であることはいうまでもありません。

このようにざっと第一話から第十五話までの主要人物を見てきたわけですが、才子もいれば、豪傑肌の人物もいれば、凡庸な人もいれば、十四人それぞれが違った個性の持ち主であり、そうした個性がくっきりと描かれ、それぞれの人々がある種の典型をなす人格として登場しています。これが『新選組血風録』の魅力の一部をなしていることは間違いありません。

＊

ただ、この『新選組血風録』の読後感として、この連作短篇はじつに陰惨、残酷な物語だと痛切に感じます。ほとんどが新選組の主導権争い、あるいは隊士間の内紛から生じた暗殺または暗殺に近い殺戮の話であり、また、士道不覚悟ということで、切腹を命じられたり、斬首に処せられたり、かなりに正視にたえないような話が多いのです。これは新選組に限られません。第三話の「長州の間者」で深町新作に新選組に間者として入隊するように命じる長州藩の吉田稔麿も非情ですし、第十三話の富山弥兵衛を薩摩藩からの間者として送り込む大久保一蔵も非情です。この連作短篇に描かれた人々は、新選組でも薩摩藩でも、長州藩でも、指導層の非情な命令に踊らされている時代の子たちであるといってよいかもしれません。

こうした感銘を与えることに『新選組血風録』が司馬遼太郎の時代小説の傑作である所以があると思います。

＊

これらが司馬遼太郎の独創によることは疑問がありませんが、子母澤寛の『新選組始末記』の記述に照らして、もうすこし、司馬遼太郎の独創性について考えてみたいと思います。『新選組始末記』は一九三一年（昭和六年）、戊辰戦争から六十年後に、まだ新選組の縁者などが生存していた時期から取材して刊行された著述であり、新選組に関する古典的な基礎資料です。

長州の間者については『新選組始末記』にも「長州の間者」という一章を設けて記述しています。これには、京都の浪人、御倉伊勢武《みくらいせたけ》、荒木田左馬之亮《さまのすけ》、越後《えちご》三郎、宇都宮《うつのみや》浪人、松井竜三郎の四名が、長州勤皇党に加盟していたが、議論の相違で、脱退してきた、と称して、新選組に同盟させていただきたい、といって来たので、近藤は、「国事探偵方を命じ、門限差構《さしかま》いなく、出入自由の特典さえ与え、隊の制服新調料及び機密費として金子百両を渡した」と書かれています。これら四名はすべて殺されますが、その模様を『新選組始末記』は以下のように書いています。

御倉伊勢武と荒木田左馬之亮が斬られたのは、九月二十五日の頃であった。監視してるとは気の附かなかった四名が、打ち揃って、大原三位重徳卿《さんみしげのりきょう》の邸へ出かけて行ったところを握られて終った。

この日、御倉と荒木田は、宿舎の前川で、縁側へ出て日向ぼっこをしながら廻《まわ》り髪結《かみゆい》に月代《さかやき》を剃らせていたところを、斎藤一《はじめ》、永倉新八、林信太郎の三人に、後から刀で背中から胸へ突き通されて僅かに前の小刀へ手をかけたばかりで死んだ。

越後と松井は、沖田総司と藤堂平助が踏込んだが、素早く窓を破って逃げた。この騒ぎの時に、かねて証拠は無いが臭《くさ》い臭いといわれていた楠《くすのき》小十郎（京都浪人）、松永主計《まつながかぞえ》（京都浪人）の両名が、顔色を変えて逃げ出したので、楠は原田左之助が生捕り、松永は、井上源三郎に背中から尻へかけてすうッと、一刀浴びせられたが、そのまま逃走した。

楠は一度近藤勇の前に引出されたが、訊問に抗弁するといって、原田が腹を立てて横合から首を斬ってのけた。

新選組記録には僅かに、越後三郎、松井竜三郎脱走。松永主計脱走、御倉伊勢武、荒木田左馬之亮、楠小十郎斬首と、簡単に書いてある。

ですから、「長州の間者」そのものは子母澤寛が確認している事実であり、楠小十郎、御倉伊勢武が斬られたことは彼らの血が流れた跡を深町新作は見ています。『新選組始末記』では脱走したとされている松永主計は『新選組血風録』では深町新作と斬りあい、新作に斬られ、新作は沖田総司に斬られて死にます。このような違いはあっても、司馬遼太郎が「長州の間者」を『新選組始末記』の記述に触発されて書いたことは間違いないでしょう。ただ、竹生島からはじまる恋物語と絡めた読み物に仕立てたのは司馬遼太郎に違いありません。

ついでに申しますと、この「長州の間者」について『新選組始末記』には次のような記述もあるのです。

これとは反対に長州を脱藩して、大阪浪々中、組に加盟した佐伯亦三郎《さえきまたさぶろう》（又）は、その後、巧みに長藩志士と交り、時々は長州屋敷にも出入して、その行動を探知するにつとめたが、同藩の傑物玄瑞久坂義助《げんずいくさかぎすけ》がこれを観破して、ある夜島原の角屋《すみや》徳右衛門方に呼びよせて、突然躍りかかってこれを縛して終った。

佐伯も今更吃驚《びっくり》したがどうにも仕方ない。遂にその夜の中に、千本北野原に引出され、真っ裸にして、道傍で惨殺された。

長州藩も新選組もどっちもどっちということですが、これは司馬遼太郎の材料にはならなかったようです。

＊

司馬遼太郎が書かなかったことの一つに近藤勇の行状のことがあります。芹沢鴨の好色については、「借金をとりたてにきて逆に操を奪われてしまうなどは、滑稽を通りこして、悲惨であった。歳三が腸の煮えるような思いで、芹沢を斬ると決意したのはこのときである」と『新選組血風録』の「芹沢鴨の暗殺」にあり、この女性はその後芹沢鴨の情婦になり、芹沢と共に近藤、土方らに殺されるのですが、『新選組始末記』には以下のように、一九一一年（明治四四年）、当時七十一歳で存命していた元島原の深雪太夫からの聞き書きが掲載されています。

新選組の重立った方々は、浪士方と違ってお金に不自由が無かったので、遊びは派手でした。妾のいる木津屋ばかりではなく、諸所のお茶屋を遊び廻り、何処へ行っても持てたものでした。祇園の茶屋の山絹《やまぎぬ》などというものは、まるで寄合所のようでした。池田屋の騒ぎで、酒肴料が隊へ下ったという時などは、その金のある間飲めや歌えと日夜の遊興でした。

近藤さんは遊びが好きで、方々にお馴染がありましたが、その中でも三本木の芸妓駒野と申す妓《こ》は深い仲と聞きました、妾はその妓に負けまいと幾度か使をやって其妓の傍《そば》から木津屋へ連れ込んで、さんざん怨言《うらみごと》をいったものです。酒の席でもその頃は何となく殺気だっていまして、今日は誰を斬ったの、明日は誰を斬ろうのと、それはそれは怖い話ばかりでした。

妾が聞きましたのでは、その当時もう近藤さんは五六十人の人を斬ったろうという風聞でした。

近藤さんは、会津侯からお金が下りるので実に贅沢な生活をしていました。宿に居ることなどは少なく、妹の妾宅か、島原の金太夫、三本木の駒野か、祇園の山絹、この山絹では養女のお芳《よし》と関係して、男の子が出来、妹の方にも女の子が生れました。

こうした近藤の芸者遊びは、借金のとりたてに来た女を犯すのとは違うかもしれませんが、私の眼からみると、いかにも度が過ぎていて、新選組の言葉でいえば、士道不覚悟、土方は近藤に切腹を命じなければならない行状であろうと思います。

この聞き書きに「池田屋の騒ぎで、酒肴料が隊へ下ったという時」とありますが、『新選組始末記』には池田屋事件の後、「会津侯は、新選組の活動に対して、非常な満足で、直ちに「感状」を発し、手負の隊士に対しては、金五十両宛《ずつ》、外に一統へ五百両、隊長勇《いさみ》には、三善長道《みよしながみち》の刀一振を賜わった。朝廷からも、隊士慰労の思召をもって金子百両下し置かれ」た、とあります。『新選組始末記』の著者、子母澤寛は、その祖父が彰義隊に属して上野戦争に加わり、敗走して五稜郭で捕虜となった人物でしたから、薩長藩閥的な明治維新観に反撥し、公平に歴史的な真相を明らかにしたいと考えていたようです。そういう意味で『新選組始末記』は新選組雪冤の書といわれますが、その理由は、このような記述にあると思われます。幕府の感状、慰労金はともかく、朝廷からも金百両を賜わったということは、私は『新選組始末記』を読むまで知りませんでした。後日、近藤が官軍に斬首されたことを考えると感慨を覚えざるをえません。

それにしても、『新選組血風録』には、近藤勇の遊興についても、隊士の遊興についても書いていませんし、幕府、朝廷が池田屋事件のさいに新選組に与えた褒美についても書いていません。おそらく、司馬遼太郎は、新選組の非情、無残な性格を書くことに関心があったのではないか、司馬遼太郎にとっては、近藤らの遊興などは書くに値しないことで、むしろ、こうした新選組の非情、無残な性格の犠牲になった人々の運命、彼らがそういう運命を辿ることになった時代、というものを描きたかったのではないでしょうか。『新選組血風録』は実録でもなければ歴史小説でもありません。司馬遼太郎が捉えた新選組の本質を興味ぶかい読み物に仕立てた時代小説であることを見落としてはいけないと私は考えています。

＊

この他、『新選組血風録』第五話の武田観柳斎の事件については、『新選組始末記』にもほぼ同様の記述がありますから、司馬遼太郎が『新選組始末記』に負っているところもあり、『新選組始末記』の記述を無視したところもあるようです。このように引き比べてみて、もっとも司馬遼太郎の独創性がみられると思うのは沖田総司という人物の造型だと私は考えています。この『新選組血風録』の魅力のかなり多くは沖田総司という爽やかな人物の魅力だと思うのです。沖田総司についで、土方歳三という人物の造型もやはり司馬遼太郎の独創だと考えていますが、土方については『燃えよ剣』であらためて考えることとして、ここでは沖田についてだけ触れることにします。

『新選組血風録』の第二話「芹沢鴨の暗殺」に、芹沢一派が会津藩から貸し与えられた大砲を引き出したので、沖田に調べさせると、大和屋庄兵衛という富商を恐喝に出かけるのだ、ということです。沖田は「あいかわらず、何が楽しいのかにこにこしている」とあって、その後に土方と沖田の会話があります。


沖田は、すこし舌の足りない童《わらべ》っぽいものの言いかたで、

「私は、大和屋がいけないと思うな。芹沢先生が怒るのはむりはないと思いますよ。大和屋は、こちらに保護をねがっていながら、こっそり手をまわして浮浪の奸人に金を渡している。私の好みでは、そういう心の使い方がきらいだな」

「坊や。――」

歳三は、この沖田を可愛がっている。

「君の好みはよくわかるし、大和屋がわるいのもわかるが、僕が訊いているのは芹沢さん達

が、あの大砲で何をするのか、ということだ。それはしらべたかね」

「ええ」

沖田はうなずき、

「きまっています。芹沢先生はおどしにゆくのですよ。大砲でおどして、こちらにも金をよこせ、というらしいんです」

「沖田君、君は正気かね」

「のんきすぎる、というのでしょう。その点は、たしかに芹沢先生が悪いと思っています。そんなことをすれば、軍用金調達の名で押しこみを働く浮浪浪士とかわらない。しかし、やり方が、とほうもなく大きいじゃありませんか。私はああいう芹沢先生が好きだな。こそこそおどさずに、白昼、堂々と大砲でおどす。――」

「もういい。引きとりたまえ」。


こういった問答です。

第六話「虎徹」の中に、近藤が沖田らと巡察に出た帰り、暗くなったので、提灯に灯を入れることになって、すし屋の軒行燈に灯が入っているのをみて、その灯を貰うことになります。以下が沖田の行動です。

その軒行燈をはずせば用が足りるのだが、沖田は妙に丁寧な男で、亭主にことわるために
ガラリと格子戸をひらいた。
足をふみ入れたところが土間で、土間の四すみは畳敷きの床《ゆか》になっている。客は武士ばか
りである。
みな、ぎょっとしたような眼で、沖田をみた。
（臭いな）
と沖田がおもったのは、すでにせいいろの火がないというのに、武士たちの様子では、すし
の出来あがりを待っていることだった。
（密議か）
人数は、五人である。むかいは土州藩邸だが、土州藩士ではない。土佐はサカヤキがせま
く、刀が長いからひと目で識別できる。人相、素ぶりからみて、最近、洛中に三百人は流入
しているという諸藩の脱藩浪士だろう。公儀の文書語でいえば、「浮浪の者」という連中で
ある。
「何用だ」
と、一人が刀をひきよせ、居丈高《いたけだか》に沖田にいった。ほお骨がおそろしく張った男で、眼が
つりあがり、唇の皮が荒れている。
「いや、これはおそろいのところ恐縮です。じつは亭主にたのんで提灯の貰い火をしようと

思いましてね」

「それにしちゃ、手に提灯をもっとらんではないか」

「提灯は路上においてあります。なに、造作はない、付木《つけぎ》にちょっと貰えばいいんですよ」

「何藩だ」と、別の一人がいった。

「おどろいたな」

沖田は、笑った。

「京では、すし屋に入っても、何藩の何某であると名乗るのですか」

「不審があるからだ」

「いやだなあ」

沖田は、亭主から付木をもらい、その硫黄くさい焔をタモトでかばいながら、

「私は沖田総司。新選組副長助勤《じょきん》」といった。

一瞬、シンとした。が、浪人たちはすぐ色をとりもどして、それぞれが刀をひきよせた。

相手は一人だ、とタカをくくったのだろう。

「待った」と沖田はいった。

「店が迷惑する。やるなら表へ出なさい。名乗った以上は、存分にお相手します」

「いや」

と、年がしらの武士が、一同を眼でおさえ、沖田に軽く頭をさげた。

「御無礼した。おわびする」

「そうですか」

沖田は、後ろ手で格子をあけながら、

「いいんですよ。わかってもらえば、またお会いするときがあるでしょう、あいさつはそのときに」

暗い往来へ出た。近藤らが、待っている。


じつに沖田総司は好ましい若者です。これが「沖田総司の恋」になるといっそう好ましく描かれます。

沖田は池田屋への斬り込みのときに喀血します。近藤、土方は労咳（肺結核）ではないかと心配している。沖田は半井《なからい》玄節という医者の許を訪ねる。娘に「患者です」という。「娘は微笑してうなづいてくれた。うなづくと、細面なくせに、あごがくくれた。形のいい唇をもっている」。沖田は娘に自己紹介します。

あの、先生に取りついで頂けませんか。会津藩公用人外島機兵衛どのからお話は通じてもらっていると思いますが。――私、沖田といいます。あの、総司ですが。

沖田は診察をうけ、静養を命じられます。清水の音羽の滝の下の掛茶屋で滝の水を汲みにくる、玄節の娘、お悠を待っています。「あの、父からお体のことをうかがいましたが、毎日、ちゃんとお寝みになっているのでございましょうね」といわれ、毎月八のつく日にお茶を立てる、そのために音羽の滝に水を汲みにゆく、と知って、沖田は八のつく日には音羽の滝の下の掛茶屋でお悠を待つのです。彼女を盗み見ているだけで声もかけない。まことに純情可憐というべきです。そのことを近藤、土方が知り、近藤が半井に結婚の申し入れに行き、断られます。

第十五話の「菊一文字」でも名刀の品格を惜しんで、戸沢鷲郎を斬るべきだったのに逃げる。そのために新選組の隊士が戸沢に斬られ、結局、「菊一文字」で戸沢を斬ることになりますが、沖田は「菊一文字」の品格を血で汚したくない、というような心情を持っているのです。

このように見てくると、沖田総司という若者はじつに純真で、爽やかな若者です。このような沖田を描いているので、非情、無残な『新選組血風録』に仄々とした血がかよい、小説としての厚みが出ているのだと思います。しかし、沖田は芹沢鴨の暗殺をはじめ、あらゆる新選組の修羅場で新選組随一の名手として殺戮を行うのです。人間として、無邪気で優しく、何時も明るい人格でありながら、一方では、剣客としては人を斬殺することをまったく躊躇しない、恐るべき人格です。これが同一の人格とは思われないほど違う二つの人格を併せ持っていることがふしぎでないように、沖田総司という人物を造型し、近藤勇、土方歳三を縦糸とすれば、この沖田総司を横糸のように使って、『新選組血風録』という連作短篇を創作したことに司馬遼太郎の独創性がある、と思うのです。

じつは、沖田について『新選組始末記』には冒頭の「近藤勇の道場」という章に次のとおりの記述があります。

流儀は天然《てんねん》理心流。武州三多摩に育った剣法で、江戸には余りはやらなかったが、それでもこの道場には、毎日五十名から六十名の門弟が稽古にやって来る。

塾頭で、勇の師範代をするのが、奥州白河《しらかわ》を脱藩して来ている沖田総司《おきたそうじ》(房良《かねよし》)、まだ二十歳になるかならぬの若輩だが、剣法は天才的の名手で、実に美事なものであった。土方歳三《ひじかたとしぞう》(義豊《よしとよ》)だの井上源三郎(一重《かずしげ》)だのという当道場の生抜《はえぬ》きに、千葉周作の玄武館で北辰一刀流の目録をもらった藤堂平助《とうどうへいすけ》や、同じ千葉の免許をとった山南敬助《やまなみけいすけ》なども、この道場へ来ているが、みんな竹刀をもっては小児《こども》扱いにされた。恐らくは、本気で立会ったら師匠の勇もやられる事だろうとみんないっていた。(永倉新八翁遺談)

また、八王子を中心に小さな同じ流派の道場がいくつもあって、近藤は教えに廻っていたのですが、「勇の来ない時には、きっと代りに沖田総司がやって来た。しかしこの人は、自分の出来る割に、教え方が乱暴で、お負けになかなか短気であったから、門弟達は、勇よりはずっと恐ろしがっていた」とあるだけなのです。

これが伝えられていた沖田総司の実像なのです。司馬遼太郎の描いた沖田総司像はずいぶんと違っています。もちろん司馬遼太郎は『新選組始末記』の記述を充分に読み込んでいました。それでいながら、沖田総司を『新選組血風録』に描かれたような人物として造型したのです。

『燃えよ剣』

私にとって『燃えよ剣』は司馬遼太郎の作品の中でもっとも気がかりな作品です。その主人公、土方歳三が司馬遼太郎の作品に登場する多くの人物の中でもっとも私が嫌悪感を覚えている人物だからです。

この小説が『竜馬が行く』と同時期に司馬遼太郎が並行的に書き進めていたことも私はかなりに不可解に感じていました。坂本竜馬は開放的、開明的であり、人物像として明るい。土方歳三は閉鎖的、保守的であり、人物像として暗い。このような極端に違う人物にどうして作者が同時期に関心をもち、彼らの人間像を造型しようとしたのか、が私には理解できなかったのです。

『燃えよ剣』のあとがきで司馬遼太郎は、「男の典型を一つずつ書いてゆきたい。そういう動機で私は小説書きになったような気がする」と書き、「男という、この悲劇的でしかも最も喜劇的な存在を、私なりにとらえるには歴史時代でなければならない。なぜならば、かれらの人生は完結している。筆者とのあいだに時間という、ためしつすかしつすることができる恰好な距離がある。土方歳三という男の人生が完結してからちょうど百年になる。この男は、幕末という激動期に生きた。新選組という、日本史上にそれ以前もそれ以後にも類のない異様な団体をつくり、活躍させ、いや活躍させすぎ、歴史に無類の爪あとを残しつつ、ただそれだけのためにのみ自分の生命を使いきった。かれはいったい、歴史のなかでどういう位置を占めるためにうまれてきたのか。わからない。歳三自身にもわかるまい。ただ懸命に精神を高揚させ、夢中で生きた。そのおかしさが、この種の男のもつ宿命的なものだろう」と書いています。

私には『燃えよ剣』において土方歳三の生涯が「おかしさ」を感じさせるように描かれているとは思われません。司馬遼太郎は土方歳三の生涯をひたすら悲劇的に描いています。彼が日本史の中で演じた時代錯誤的な行動に司馬遼太郎は「喜劇」を見ていたのかもしれません。しかし、『燃えよ剣』に土方歳三の「喜劇」を読みとることはできないでしょう。つまり、この作品は、作者の意図を実現していないのではないか。そういう意味で失敗作とみるべきではないか、というのが先走っていえば、私の結論なのです。

見方によれば、坂本竜馬も土方歳三も、彼らの死はいずれも彼らの志からみて、不遇、不本意でしたが、彼らがいかに生きたかという観点からみれば、歴史的な評価として、坂本竜馬は正の存在であり、土方歳三は負の存在として、対蹠的な位置を占めているというべきでしょう。断っておけば、函館五稜郭まで赴いて、薩長の「官軍」と戦った人々がすべて歴史的にみて負の存在だったとは私は考えていません。榎本武揚など新政府に仕えて彼らの才能を発揮した人々が多数いることは知られていますが、彼らには、五稜郭に立てこもったときも、新政府に仕えることとなったときも、新政府に仕えないことにきめたときも、彼らなりの志があり、信念があったといえるでしょう。

そういう意味で、彼らは函館戦争の時点でも決して負の存在ではなかった、と私は考えています。しかし、『燃えよ剣』に描かれたかぎり、土方のばあいは、他に行き場所がなかったために、函館に彼の死に場所を求めていたのであって、いかなる志も信念も認められない、と思うのです。私が土方を負の存在と考える所以です。

とはいえ、坂本竜馬と土方歳三は、死において同じく不遇、不本意でしたが、同時に、彼ら二人は驚くほどに似た境遇に生れています。二人ともに幕藩体制の中にいません。だからといって、まったく幕藩体制の外にいるわけでもありません。坂本竜馬は土佐藩の郷士の生れであり、藩士として土佐藩に帰属しているわけではありませんが、事実上は土佐藩に帰属していますし、土佐藩から自由ではありません。生家は高知きっての豪商といわれる商家から分家しています。

土方歳三は武州、多摩の日野の富裕な商家に生れています。日野は天領であり、幕臣ではないから、幕藩体制に幕臣として組み込まれていませんけれども、天領の農民としての徳川幕府への帰属意識ないし強い矜持をもっています。つまり、幕藩体制の外にありながら、微妙に幕藩体制にかかわっている、しかも、富裕さに程度の差はあるが、いずれも商業と縁が深い。計算ができる。情勢を分析して、何をなすべきかを計算し、判断する能力を生来、身につけているのです。

そういう境遇で生れ、育っていることと彼らが辿った生涯とは、決して無縁ではありません。竜馬は土佐藩の桎梏を抜けて自由な大地に羽ばたこうとしましたし、歳三は日野という狭い土地に跼蹐《きょくせき》することを潔しとしない、激しい上昇志向があります。似たような境遇と似たような気性からみれば、互いに境遇を異にしたなら、あるいは、相手が辿ったような生涯を歩んだかもしれない、と思わせるところがあるといってよいでしょう。

司馬遼太郎が、一方で坂本竜馬を描きながら、他方で土方歳三を描いたのも、こうした類似性を考え、かつ、彼らのいずれもが志を得ることなく、死を遂げなければならなかった運命を考えたからなのではないか、と納得できないわけではありません。

＊

『燃えよ剣』について、このことを仔細にみることにしたい。司馬遼太郎は次のとおり書いています。

ちなみに。――

武州（東京都、埼玉県、神奈川県の一部）の地は、江戸をふくめて、面積およそ三百九十方里。石高にすれば、百二十八万石。

ほとんど、天領《てんりょう》（幕府領）の地である。江戸の関東代官、伊豆の韮山《にらやま》代官（江川家）などの幕吏が治めていたが、諸国の大名領とくらべるとうそのような寛治主義で、収税は定法《じょうほう》以上はとりたてず、治安の取締りもゆるい。百姓どもも、

——おらァどもは大名の土百姓じゃねえ。将軍さまの直《じき》百姓だ。

という気位があり、徳川家への愛情は三百年つちかわれている。これは、近藤にも土方にも血の中にある。

それに代官支配だからお上の目がとどきにくく、自然、宿々には博徒《ばくと》が蟠踞《ばんきょ》し、野には、村剣客が力を誇って横行した。こういう現象は、日本六十余州をながめて、武州と上州のほかにない。

司馬遼太郎は、この小説の冒頭に近く、土方が八王子宿の甲源一刀流の比留間道場と喧嘩することになり、作戦を配下の原田左之助、沖田総司らに説明する場面を以下のように記述しています。

歳三は、ぎょろりと一座を見まわして、

「沖田君」

といった。

「君は藤堂（平助）君、永倉（新八）君と三人で、先発してもらう。この三人は、闇組《くらやみぐみ》になる。提灯《ちょうちん》はつけない」

「ああ、祭りの喧嘩だな」

と、沖田総司は、カンがいい。歳三のうまれた日野宿郊外《はずれ》には、むかしからそういう喧嘩の戦法があるのだ。

この三多摩地方は、家康の関東入府いらい幕府領として、江戸の大人口をささえる農業地帯にさせられてしまったが、それ以前は、このあたりの農民は合戦といえば具足《ぐそく》を着て、源平以来、精強をほこった「坂東武者《ばんどうむしゃ》」のすご味をみせたものである。

歳三の土方家も、いまでこそ百姓の親玉になりさがっているが、遠く源平のころは土方次郎《ひじかたのじろう》などという源氏武者も出（東鑑《あずまかがみ》）、戦国のころは多摩十騎衆の一軒（新編風土記）、土方越後、同善四郎、同平左衛門、同弥八郎などは、小田原北条氏の屯田《とんでん》司令官（被官《ひかん》）として、勇を近隣にふるったものである。

この三多摩一帯は、そういう源平武者、戦国武者の末孫《ばっそん》だから、気性もあらく、百姓とはいえ、先祖の喧嘩のやりかたや、小競合《こぜりあい》の戦法を伝えてきている。土方歳三が指導したのちの新選組の戦術や、会津戦争、函館戦争のやりかたは、三多摩の土俗戦法から出たものである。

土方の戦法とは、原田が「頭に縄《なわ》の鉢巻《はちまき》を締め、腰に注連縄《しめなわ》を巻きつけ、背中からムシロを斜めにかつぎ、腰に大きな馬乗り提灯をさし」こんだ坊主姿に変装し、その背後から「無紋の馬乗り提灯を腰にさし、紺手拭の頬《ほお》かぶり、薬屋の装束」の歳三が行くのです。淺川の橋を渡り、相手が待ち構えている明神の森にさしかかって、呼び止められます。見咎められて、相手の二、三人が土方に頬かぶりをとれといいます。以下に司馬遼太郎の記述を引用します。

「へい」

と、歳三は小腰をかがめ、持っていたムシロを左わきにかかえ、あごの結び目を解くふりをしてやにわにムシロの中の刀のツカをにぎって、スッと腰をおとした。

「あっ、なにをしやがる」

飛びのいたはずみに歳三の刀がはねあがって、相手の裏籠手《うらごて》をぬき打ちに斬った。腕が一本、提灯をにぎったまま素っ飛んだ。

そのとき、スタスタ坊主の原田も踏みこんで、わっと刀を横に薙《な》ぎはらった。

みな、ばたばたととびのいた。

歳三は落ちついて原田に待つように指示します。「甲源一刀流の連中は、歳三のわなにかかりつつある」と司馬遼太郎は書いていてます。続きは、こうです。

この戦法は、後年、会津戦争のとき、山中で薩長土《さっちょうど》の官軍をさんざんになやました手である。

実をいうと、沖田、藤堂、永倉の三人の闇組が、沖田は雑木林の中から、藤堂は田圃《たんぼ》の中から、永倉は往来の東から、そっと忍び寄っていた。

このあたりの村の若衆が、祭礼の夜など、他村の者と喧嘩をするときには、たいていこの流でやる。

三人はそれぞれの場所で、起きあがった。

「わっ」

とはいわない。人数が知れる。

無言で、ただひたすらに手足を動かし、背後から、木刀で、できるだけすばやく後頭部をなぐってゆくのだ。

これは、『平家物語』『源平盛衰記』にみられるような源平武者、戦国武者、坂東武者の戦法ではありません。もちろん、二手に分かれて敵の背後を衝くというような戦法はありふれたものですが、坊主や薬屋に変装して敵に近づいて、敵が近づいたときには、もう斬りつけている、そして、敵の背後にまわった味方の攻撃の仕掛けを待って、挟み撃ちにする、といった戦法は、作者のいうとおり、「三多摩の土俗戦法」というべきものでしょう。もっとはっきりいえば、これは土方歳三の戦法、戦術であって、ともかく敵を倒し、葬るためには、手段を選ばない、いかなる方法を採ることも辞さない、冷酷、無残なものであった、と、私は考えます。このような戦法戦術は『燃えよ剣』に描かれた多くの殺戮の状況についてもいえることです。

＊

近藤勇、土方歳三、沖田総司らが清河八郎の組織した新徴組に参加して上京し、京都に着くとすぐ、清河と分離し、芹沢鴨の一派と近藤、土方らが合同して、新選組を結成します。小説では、この経緯が詳しく描かれていますが、省略することとして、新選組を結成したけれども、「もはや幕府の給与も出ず、なんの身分保障もないただの浪人集団」になったわけです。そこで、近藤が土方に相談をかけます。土方は「京都守護職だよ」と答えます。ここでまた、小説の記述に戻ることにします。

歳三にとってはかねての思案どおりであった。芹沢の例の実兄をつかって、京都守護職に運動するのだ。「京都守護職会津中将様御預《おあずかり》浪士」ということになれば、歴とした背景も出来、金もおりる。第一、壬生に駐屯している法的根拠が確立するのである。

「妙案だ」

と、芹沢はよろこんだ。

「ただし、近藤君、私が総帥だぞ」

「むろんそのつもりでいます」

当然なことだ。すべては芹沢の実兄あってこそ運動は可能なのだし、第一、水戸天狗党の芹沢鴨といえば、世間に名が通っている。このさい、芹沢を看板としてかつぎあげるしか仕方がなかった。

例の公用方外島機兵衛を通して働きかけると、意外にも即日、嘆願の旨が容《い》れられ、隊名を「新選組」とすることも、公認となった。


清河とその一味が江戸に発ったのが一八六三年（文久三年）三月十三日ですが、子母澤寛の『新選組始末記』によれば、この嘆願書は、その日の中に差し出された、ということですから、凄腕に驚嘆します。『新選組始末記』が紹介している嘆願書は次のとおりです。

われわれは、将軍家が二条城御滞在中なるに係らず、漫然として江戸へ帰る事は忍び得ないところである。それも江戸へ帰ってすぐに攘夷の先鋒でも勤めよとの仰せならば、勿論《もちろん》直ちに帰るけれども、そうではなくて、只帰って居れでは甚だ不本意である。何卒《なにとぞ》、将軍家が江戸へお戻りになるまでは御警衛を申上げる事をお許しいただきたくお願いする。

新選組の思想は、少なくともこの時点では、佐幕でありながら攘夷ということであったようです。

*

こうして芹沢鴨を利用して、京都守護職会津中将様御預として新選組が公認されるわけですが、この時点では局長が三人、芹沢、近藤と芹沢派の新見錦です。近藤らの覇権を確立するために、まず、新見錦に切腹を迫ります。土方は近藤の了解を得、近藤に芹沢の説得を依頼している間に、土方は新見に会い、新見の決断を乞いに来た、といいます。他の二人の局長とは相談ずみである、と伝えます。芹沢を近藤が説得中であっても、芹沢の了解を得ているわけではありませんから、これは嘘です。そこで、新見からも「それなら私はかまわない。君たちにまかせておこう」と言わせた上で、新見に対して、「水戸脱藩浪人新見錦は、押し盗《こ》み、金品強請を働いたかどにより切腹おおせつけられます」と宣告し、切腹させてしまいます。酷い罠にはめたものだという感を深くします。

当然のことですが、芹沢から、何故、新見を切腹させたのか、と近藤、土方は詰問されます。歳三は「士道不覚悟」と答えます。『燃えよ剣』では次のとおり記述しています。

歳三も近藤も、芹沢のいうようにいかなる藩にも属したことがない。それだけに、この二人には、武士というものについて、鮮烈な理想像をもっている。三百年、怠惰と狎れあいの生活を世襲してきた幕臣や諸藩の藩士とはちがい、

「武士」

という語感にういういしさをもっている。

だけではない。

かれらは、武州多摩の出である。三多摩は天領（幕府領）の地であり、三郡ことごとく百姓である。戦国以前は、源平時代にさかのぼるまでのあいだ、この地は、天下に強剛を誇った坂東武者の輩出地であった。自然この二人の士道の理想像は、坂東の古武士であった。懦弱《だじゃく》な江戸時代の武士ではない。

「芹沢先生、おわかりになりませんかな」

歳三が、いった。

「新見先生は、士道に照鑑してはなはだ不覚悟であられた。それが、切腹の唯一の理由です。同時に」

「同時に？」

「芹沢先生でさえ、士道に悖《もと》られるならば、むろん、切腹、しからずんば、斬首」

この問答の後、芹沢一派はひきあげます。「その夜からかれらは復仇《ふっきゅう》を企てるべきだったが、別の道をえらんだ。酒色に沈湎《ちんめん》した。芹沢の乱行は、以前よりひどくなった」と作者は書いています。ついで、芹沢を暗殺する場面に移ります。

文久三年九月十八日は、日没後、雨。

辰ノ下刻《たつげこく》から、強風をまじえた土砂降りになった。鴨川荒神口《こうじんぐち》の仮橋が流出しているからよほどの豪雨だったのだろう。

芹沢は、夜半島原から酔って帰営し、部屋で待っていたお梅と同衾《どうきん》した。双方、裸形《らぎょう》で交接し、そのまま寝入った。

島原へ同行していた平山、平間も、それぞれ別室で寝入った。芹沢派の宿舎は、このころ、八木源之丞屋敷になっていた。

道一つ隔てて、近藤派の宿舎前川荘司屋敷がある。

午後十二時半ごろ、原田左之助を加えた天然理心流系五人が、突風のように八木源之丞屋敷を襲った。

お梅即死。

芹沢への初太刀は沖田、起きあがろうとしたところを歳三が二の太刀を入れ、それでもなお縁側へころび出て文机《ふづくえ》でつまずいたところを、近藤の虎徹《こてつ》が、まっすぐに胸を突きおろした。

芹沢派の他の浪士たちも同時に殺され、あるいは、逃亡したりして、芹沢一派は壊滅し、近藤、土方が新選組の覇権を把握します。このさい、新選組は、芹沢は病死したと称して、会津藩にも、そのように取り繕って、近藤が喪主となって、葬儀を営んでいるのです。

まことに血も涙もない、非情であるばかりか、破廉恥な所業といわざるをえません。いかに芹沢が酒色に溺れていたにしても、暗殺するというのは、それこそ士道に悖るとしか思われません。京都守護職会津中将様御預として新選組が公認されるまでは、芹沢を利用するだけ利用して、利用価値がなくなると、新見を切腹させ、芹沢を暗殺し、芹沢一派を新選組から抹殺して、近藤、土方は新選組の支配権を確立したのです。そこで、土方のいう「士道」とはどういうものか、をみることにしたいと思います。土方は「局中法度書《ほっとがき》」という新選組の隊士が遵守すべき法規を作ります。はじめは五十ヵ条ほどもあったそうですが、最終的には五ヵ条になります。

一、士道に背くまじきこと。
一、局を脱することを許さず。

いずれも、罰則は、切腹である。第三条は「勝手に金策すべからず」。第四条は「勝手に訴訟（外部の）取扱うべからず」。

第五条は「私の闘争をゆるさず」。右条々相背《あいそむ》き候者は切腹申しつくべく候也。

さらに、この五カ条にともなう細則をつくった。

そのなかに妙な一条がある。この一条こそ新選組隊士に筋金を入れるものだ、と歳三は信じた。

「もし隊士が、公務によらずして町で隊外の者と争い」

というものである。

「敵と刃をかわし、敵を傷つけ、しかも仕止めきらずに逃がした場合」

「その場合どうなります」

「切腹」

と、歳三はいった。

沖田は、笑った。

「それは酷だ。すでに敵を傷つけただけでも手柄じゃないですか。逃がすこともあるでしょう。逃がしちゃ切腹というのは酷すぎますよ」

「されば必死に闘《たたか》うようになる」

「しかしせっかくご苦心の作ですが、薮蛇《やぶへび》にもなりますぜ。隊士にすれば敵を斬って逃がすよりも、斬らずにこっちが逃げたほうが身のためだということになる」

「それも切腹だ」

「はあ？」

「第一条、士道に背くまじきこと」

「なるほど」

隊士にすれば一たん白刃をぬいた以上、面《おもて》もふらずに踏みこみ踏みこんで、ともかく敵を斃《たお》す以外に手がない。

「それがいやなら？」

「切腹」

「臆病なやつは、隊がおそろしくなって逃げだしたくなるでしょう」

「それも第二条によって、切腹」


こういう法規があり、罰則があることを承知の上で新選組に入隊した者はともかく、ある日、突然、こういう法規が公示されたのでは、隊士はかないません。何でも切腹ですが、ことに「士道」に背くかどうか、肝心の「士道」というものがまるではっきりした定義がないのですから、土方がいくらでも恣意的に適用できるわけです。

隊士が動揺し、脱走者が出ることは当然といってよいでしょう。助勤という役についていた酒井兵庫という隊士は大阪浪人、国学の素養があり、和歌をよくした、といいますが、この酒井が脱走しました。「歳三は、監察部の全力をあてて、京、大坂、堺《さかい》、奈良までさがさせ」大坂の住吉明神のさる社家のもとにかくまわれていることがわかります。以下、近藤と土方の問答です。


「歳、どうだ」

「歌がどうの、機密がどうのと論に及ばぬことだ。局長、総長みずから、局中法度書をわすれてもらってはこまる」

「斬るか」

「当然です」

この問答の後、

すぐ、沖田総司、原田左之助、藤堂平助の三人が大坂へ下向《げこう》した。

住吉の社家に酒井兵庫を訪《たず》ねた。

酒井は観念して抜きあわせたらしい。

その刀を原田が叩き落し、境内での闘いを避け、酒井を我孫子《あびこ》街道ぞいの竹薮《たけやぶ》まで同道して、あらためて、刀を渡した。

数合で、闘死した。
以後、隊は粛然とした。局中法度が、隊士の体のなかに生きはじめたのは、このときからである。

司馬遼太郎はこう書いています。これほどの恐怖政治を実感させられれば、隊士が粛然とするのは当然でしょう。

『燃えよ剣』の文庫版の解説で陳舜臣は次のとおり書いています。

新選組は、日本人がこれまで持ったことのない、機能的な組織である。中国でも、律令《りつりょう》というかなり機能的な「制度」はつくったが、「組織」には手が届かなかった。宋《そう》の新法党、旧法党、明《みん》の東林党、復社など、同志の集まるクラブをつくったのが上出来で、生きもののようにうごく組織は考えもしなかったであろう。
とすれば、新選組は天才の所産でなければならない。新選組といえば、こだまのように近藤勇《こんどういさみ》の名がかえってくる。だが、局長機関説とでもいうべき、近代的なセンスで運営されたのだから、オーガナイザーの土方歳三《ひじかたとしぞう》こそ「烈丈夫」のトップにおかれねばならない。

私はこういう考えに同意できません。こういう組織が機能性をもつことはありえない、と私は考えます。新選組の組織とはスターリン体制よりも苛酷といってよい、非人間的な組織であると考えます。組織は人間的であってはじめて機能するのだと信じています。

こうして、新選組、というよりは、土方主導の組織が「士道」という融通無碍な観念をふりかざし、残酷で無残な殺傷を続けていくことになるわけですが、土方のいう士道というものは坂東の古武士の武士道とはまったく無縁ですし、土方の新選組支配の道具としての擬似倫理にすぎなかった、と私には思われます。あるいは、私を説得するほどに『燃えよ剣』は土方歳三のいう「士道」を解き明かしているとは思われないのです。

＊

次いで、池田屋事件で新選組は一躍その名をとどろかせることになります。『燃えよ剣』で、私が注目する記述が二つあります。池田屋に斬りこんだのは近藤、沖田らでした。土方らは木屋町の丹虎を襲ったのですが、丹虎では「敵」に出会わなかったので、土方らも池田屋に行きます。会津藩、所司代、桑名藩など二千人以上が一斉に動くことになっていましたが、これらの諸藩の動員は緩慢で間に合いません。池田屋の戦闘がほぼ片づきはじめたころ、会津、桑名の連中が到着して池田屋に入ろうとします。

「なんぞ、御用ですかな」

と歳三はそんな男の前に白刃をさげて立ちはだかった。新選組の実力で買いきったこの戦場に、どういう他人もいれないつもりである。

「おひきとりください」

底光りのするこの男の眼をみては、たれもそれ以上踏みこもうとしなかった。自然、幕兵約三千は路上に脱出してくる連中だけを捕捉する警戒兵となり、戦闘と功績はすべて新選組の買い占め同然のかたちなった。


と『燃えよ剣』に書かれています。

私が『燃えよ剣』に描かれた土方歳三という人物に嫌悪感を覚えるのは、ひたすら新選組の名を挙げ、手柄を独り占めにしようとする土方のこういう気性が気に入らないからなのです。戦闘はそれでよくても、戦争というものはそれではすまない、と思います。つまり、一面ではエゴイスティックなのですが、他面では大局観を欠落していると思うのです。

このことと関連するかもしれない、重要な見解を司馬遼太郎は、そのすぐ次に、こう書いています。


池田屋ノ変によって新選組は雷名をあげたが、歴史に重大な影響ももたらした。

普通、この変で当時の実力派の志士の多数が斬殺、捕殺されたために、明治維新がすくなくとも一年は遅れた、といわれるが、おそらく逆であろう。この変によってむしろ明治維新が早くきたとみるほうが正しい。あるいはこの変がなければ、永久に薩長《さっちょう》主導によるあの明治維新は来なかったかもしれない。

私は司馬遼太郎のこの見解に同感です。

*

「慶応元年正月」という章で、司馬遼太郎が、土方の意図したことがどういうことかに触れているように思いますので、すこし記述を追ってみることにします。

前年、近藤は江戸へ参ります。江戸では老中に会ったとのことです。「江戸から帰ってきてからの近藤は、妙に浮わついている」とこの章は始まっています。

近藤は二条城に三日に一度は登城しています。「その近藤の登城の容儀は、江戸からの帰洛後、ほとんど大名行列に似てきた。むろん、乗物は用いない。馬上ではある。しかしつねに隊士二、三十人を従えて堀川通を練ったというから、小諸侯であろう」とあり、以下に沖田と土方との会話が記されています。まず、沖田の発言から引用します。

「近藤さんを大名に仕立てる、とこっそり近藤さんをおだてたのは土方さんじゃありませんか」

「ふむ」

歳三は、眼をそらした。

「そうさ」

「じゃ、わるいのは土方さんですよ」

「ちがう。おれは、新選組というものの実力を、会津、薩摩《さつま》、長州、土州といった大藩と同格のものにしたい、とはいった。いまでもそのつもりでいる。むろんそのあかつきは、首領はあくまでも近藤勇昌宣《まさよし》だから、近藤さんが大名になるのと同じ意味ではあるが、気持はちがう」

「どうもね」

小首をかしげた。

小首をかしげたのは沖田ですが、読者も小首をかしげるでしょう。すこし途中をとばして、土方の発言を聞くことにします。

「総司」

と、歳三はいった。

「近藤さんが大名気取りになるのは、まだ早すぎる。天下の争乱がおさまってからのことだ。すくなくとも、長州の討伐をやり、長州をほろぼし、その旧領の半分でももらってからのことだ」

（あっ）

と、沖田はおもった。新選組の真の考えが、そういうところにあるとは、沖田総司でさえ、はじめて知らされる思いだった。


とあり、すこし会話が続いて、沖田が「土方さん、あなたは大名になりたい、というのですか」と訊ねると、「馬鹿野郎」と土方はひくく怒鳴って「なりたかねえよ」といい、「あたりめえだ。武州多摩の生れの喧嘩師歳三が、大名旗本のがらなもんか、おれのやりたいのは、仕事だ、立身なんざ」「なんざ？」「考えてやしねえ。おれァ、職人だよ。志士でもなく、なんでもない。天下の事も考えねえようにしている。新選組を天下第一の喧嘩屋に育てたいだけのことだ。おれは、自分の分《ぶん》を知っている」と土方は答えます。

このような土方歳三の言葉を聞くと、いかにも土方が潔い、自己の分際をわきまえた、立身出世という野心のない、人物のように思われますし、この小説の魅力もこうした人間造型にある、と思います。しかし、仔細に考えると、これはまったくの詭弁です。会津藩お抱えの新選組が、つまりは自活の方途のない新選組の実力が会津藩と同格になるなどということはありえませんし、喧嘩屋が長州を討伐できるはずもありません。そのためには、それこそ内外の政治情勢を知り、長州藩の軍備を知り、新選組が長州藩を討伐できるような軍備を備えなければなりません。一介の喧嘩屋がどうにもできることではないのです。

やがて、鳥羽伏見の戦争で幕府軍は敗れ、新選組も江戸に引き上げ、官軍におさえられる前に甲府城を奪うよう要請されます。「甲州を確保してもらえるなら、新選組に五十万石は分けよう」と老中から言われて、『燃えよ剣』には、「近藤は、正気をうしなわんばかりによろこんだ」とあります。土方も寄合席格という地位を与えられていますが、「洋式軍服」を着ています。近藤は眉をひそめますが、土方は「戦さにはこれが一番さ」といいます。「鳥羽伏見の戦場で、薩長側の軽快な動作をみて、うらやましかったのだ」と『燃えよ剣』にあります。さすがに、この段階になると、土方も新選組の軍備の遅れに気づき、喧嘩屋が長州を討伐できないことは分かっていたのでしょう。このことはまた、大鳥圭介と後に会ったときにも鳥羽伏見の戦闘は「洋式銃砲に敗けた」のだ、と土方は語った、とこの小説には書かれており、敗走中になってはじめて、土方はかつての無知を自覚したのだと思います。

＊

流山で土方は近藤と別れ、近藤は板橋で斬首されます。土方は会津若松で近藤の死の詳報を官軍の捕虜から聞き、会津若松の愛宕山《あたごやま》の中腹をえらんで、墓碑をたて、「貫天院殿純義誠忠大居士」という戒名を刻んだそうです。『燃えよ剣』には書かれていないことですが、子母澤寛の『新選組始末記』には、近藤の「首はそのまま塩漬として京都へ送り、三条磧《さんじょうかわら》に晒《さら》した上、更に大阪千日前《せんにちまえ》にも晒したが、後ち粟田口《あわたぐち》の刑場に埋めた。勇の年三十五。その首を晒した時は、何しろ京の街々では鳴らした人物であり、見知りの人も多いので、毎日毎日黒山のような人だかりであった」。梟首《さらしくび》の罰文に次のとおり記されていた、とあります。

近藤　勇　事　大和

此者儀凶悪之罪有之処、甲州勝沼武州流山において官軍へ敵対候条、大逆に付可令梟首者也

閏四月

『燃えよ剣』は近藤の最後について触れていません。土方が主人公だからかもしれませんし、土方が近藤のために墓碑を建てたと書いたのですから、充分かもしれません。ただ、この「罰文」はすこし可笑しいと思います。甲州勝沼で谷守部指揮する土佐藩軍と戦闘、たちまち敗走したことは事実ですが、流山では、戦闘することなく、近藤はすすんで降伏のために官軍の陣営に

出向いたのですし、何よりも、京都における新選組の局長として浪士を取締り、殺戮した事実に言及していないのは何故か、理解に苦しむところです。

その後、土方は転戦して五稜郭で戦死するわけですが、前にも申しましたとおり、死に場所を求めた、という感じをふかくします。彼は徳川家に忠節を尽くすために、転戦したのか、といえば、そういう感じはしません。格別の思想があって、行動したようにはみえないのです。本当のところは、無思想ながら無類に喧嘩上手だった多摩の田舎村の男の一生だったのではないか。それだけの男の生涯をこれだけ面白く読ませるというのが、司馬遼太郎の小説家としての手腕にちがいありません。しかし、その手腕をもってしても、私は土方歳三という人物に魅力を感じることができないのです。

『竜馬がゆく』とマリアス・B・ジャンセン『坂本龍馬と明治維新』

吉川英治『宮本武蔵』が戦前の日本を代表する教養小説、ドイツ語でいうビルドゥングス・ロマンであるとすれば、司馬遼太郎『竜馬がゆく』は戦後の日本を代表する教養小説ということができるでしょう。『宮本武蔵』が時代小説であり、エンターテイメントであることは疑いがありません。しかし、わが国では私小説がいわゆる純文学の主流を占め、教養小説といわれるような作品を生みだすような培地が乏しかったのです。山本有三『路傍の石』、下村湖人『次郎物語』などは教養小説に近い作品ですが、幼少年期までの記述にとどまり、人生にとって最も意義ふかい青春期から成熟期に至るまでを記述していません。しかも、これらの作品もわが国の文学界では傍流にすぎなかったように思われます。

これにひきかえ、『宮本武蔵』は、もちろん非現実的な虚構、不自然な人と人とのすれ違いなどが多く、エンターテイメントには違いないのですが、世俗の幾多の艱難辛苦に遭遇し、男女間の愛情に煩悶し、これらの体験を経て、自己を発見し、自己を確立していく物語です。そういう小説をわが国の読書人も渇望していたのです。『宮本武蔵』はまさにわが国の文学界に欠けていた分野を補う教養小説でした。『宮本武蔵』の読者がたんなる読み物の読者たちに限られていなかったことは、『宮本武蔵』が徳川夢声の朗読によってくりかえしラジオ放送されたことからも確かでしょう。これは、私たち日本人もまた、幾多の艱難辛苦や愛情の煩悶などの体験を経て、自己を確立していく小説に共感したからに他なりません。

司馬遼太郎『竜馬がゆく』もまた、同じ意味で、ひろい読者層に迎えられたのだ、と私は考えています。これは、徳川幕藩体制の末期、土佐の郷士の次男として生れた野性的な個性が、数多の困難に出会い、新しい境遇を切り開き、多くの知己を得、男女間の関係について悩みながら、自己を確立し、幕藩体制を超えた「日本」という国を発見し、貿易立国を構想し、志半ばに非業の死を遂げる物語です。一九六二年（昭和三七年）から一九六六年（昭和四一年）の間、まさにわが国が高度成長期に入った時期に、新聞連載され、単行本として刊行された、この小説は、敗戦後の私たち日本人にあるべき生き方を指し示し、その理想像を描き出した小説だったのです。

＊

しかし、『竜馬がゆく』を文学作品として読むとき、かなりに欠点が目につくことを否定できないように思います。

お田鶴さまという女性が登場します。彼女は坂本家の主人筋にあたる土佐藩の家老、福岡宮内の妹です。土佐藩主山内家から嫁いでいる公卿、三条卿の夫人に仕えることとなりますが、土佐藩の家中きっての容色とうたわれている女性です。千葉さな子という女性が登場します。彼女は竜馬が剣術修業する桶町千葉道場の道場主、千葉貞吉の長女、剣術の免許皆伝、「色が浅黒く、ひとえの眼が大きく、体が小ぶりで、表情の機敏に動く娘」です。大阪、高麗橋から伏見に上る船の中で知り合って、竜馬に惚れ込んで竜馬の子分になった、寝待ノ籐兵衛という盗賊も登場します。「京女を江戸の水で洗ったような気っぷの女」と籐兵衛が評する伏見の船宿寺田屋の女主人、お登勢もこの小説で主要な登場人物の一人です。奥州伊達家を浪人した無限流の達人、信夫《しのぶ》左馬之助。信夫に逆恨みされて殺された、山科《やましな》の毘沙門堂門跡《びしゃもんどうもんぜき》の家来で尊王賤覇《そんのうせんば》の論を唱えていた山沢右近の娘で、仇討ちに出かけたものの路銀に窮し岡場所に娼婦として身を落としている、色が白く眼がひどく美しい、お冴え。たとえば、お田鶴さまは「乱世の英雄」のような天稟《てんぴん》と聞いて一度会ってみたいと思っていたが、竜馬と会ってみて、「魅き入れられるような所のあるお人」と感じたといいます。さな子はひそかに竜馬に好意を寄せています。お登勢は竜馬を一目見たときから「なんと可愛らしい若者だろう」と感じます。「男と女がどうするものか、よくわからん」という、うぶな竜馬にお冴えは「冴が教えてさしあげます」と言います。これらの女性たちに加えて、すでに申しましたとおり、子分の盗賊、寝待ノ籐兵衛をはじめ、竜馬に恨みを持って一太刀浴びせようと竜馬を付けねらい続ける信夫左馬之助が登場します。

これらの顔ぶれがそろえば、エンターテイメントとしての時代小説の典型的なお膳立てといってよいでしょう。おそらく、司馬遼太郎は『竜馬がゆく』を執筆しはじめた段階では、エンターテイメントとして時代小説を書くつもりだったのではないでしょうか。ところが、竜馬が歴史的な人物として活躍するにしたがって、これらの人々の出番がなくなり、『竜馬がゆく』はしだいに歴史小説という色彩を濃くしていくことになり、これらの人物たちは徐々に生彩を失っていくのです。

私の論旨を理解していただくのに必要な限度で、私は『竜馬がゆく』の筋にふれることにいたします。たとえば、巻が進むと、信夫左馬之助は新選組の隊士として竜馬の前に現われますが、だからといって、それ以上にストーリーの展開に関係ありませんし、竜馬の生き方や思想などに何の意味ももたないのです。お冴えはたちまちコレラで死んでしまうので、仇討ちの計画はすぐに立ち消えになります。やがて、竜馬の伴侶となるおりょうが登場します。おりょうは安政の大獄で牢死した勤皇家の医師、楢崎将作の遺児です。

このおりょうはすばらしい美人だったようです。そういう証言がこの小説の中でくりかえし引用されます。女性関係だけについて申しますと、元来、かかわりをもった女性のすべてから好意を寄せられますが、竜馬の側からは、はるか年長のお登勢は別として、お田鶴さまを思慕し、さな子もにくからず思い、おりょうにもつよく惹かれていたものの、自分の妻とするだけの決心はしていなかった。それは竜馬が彼自身の未来への展望をもっていなかったからだろう、と私は感じています。ですから、さな子から結婚を迫られても、承知はしない。それでも竜馬は別れ際にさな子に紋服の片袖をちぎって渡し、形見と思ってくれ、と言ったと書かれています。さな子は、彼女の生涯にわたって、自分は竜馬の婚約者だと思い続けていたと書かれていますが、それも無理からぬことでしょう。ところが、竜馬が、寺田屋に宿泊中、伏見奉行の指揮の下に、与力同心以下ほぼ百人の捕吏に包囲されたとき、おりょうの機転で脱出し、薩摩藩邸に逃げ込んで、彼は危うく命をとりとめました。この名高い寺田屋事件を契機として、竜馬はおりょうを妻に迎える決心をすることになります。

＊

こうした陰翳に富んだ、華やかな女性関係がエンターテイメントとしての時代小説の読者を魅了するのですが、この寺田屋事件以前の挿話として、この小説の「攝津神戸村」という章にはおりょうとお田鶴さまの出会いが描かれています。

蛤御門の変で長州勤王派が敗れて、長州は朝敵とされ、お田鶴さまが仕える三条実美以下が追放されて長州に下る、七卿落ちという事件がありました。竜馬は勝海舟の手配で神戸海軍塾、正式には神戸軍艦操練所で軍艦の操縦を練習していたのですが、幕府内部の政変で、情勢が一変し、勝海舟が軍艦奉行を辞めさせせられることになって、神戸海軍塾は解散を命じられます。ちょうどそのとき、おりょうが竜馬を訪ねて神戸にくる。竜馬は練習艦観光丸を幕府にひきわたすため、観光丸に泊っています。おりょうは竜馬の居所が分からないので、庄屋の生島四郎太夫の邸に泊まることになります。その庄屋邸で竜馬を訪ねてきた若い侍と泊まりあわせます。「まだ前髪を残しているが、齢《とし》は十八ぐらいかと思われる。濡れたようにつややかな髪をもち、顔は生えぎわの青さがめだつほどの色白さで、目が涼しく切れ、唇から洩れる皓《しろ》い歯ならびが、男にしては優しすぎるよう」だと書かれています。これは男装したお田鶴さまです。お田鶴さまは長州の三条公の世話をするための旅の途中で神戸に立ち寄ったのです。この二人が顔を合わせると、おりょうは若侍をすぐにお田鶴さまと見破ります。

このときのおりょうとお田鶴さまとの会話は、この小説の中でも、もっとも読者にとって興味ふかいものの一つです。お田鶴さまはかつて竜馬から受け取った手紙をおりょうに見せます。「男装して志士として奔走なさるがよい」とすすめた手紙です。おりょうがこの手紙をみたことをきっかけにこんな会話をかわすのです。

筆蹟はたしかに竜馬のものでまぎれもない。ただ、墨の色が古びているようだった。

「これ、古いわ」

おりょうは、鬼の首でもとったように叫んだ。と同時に、お田鶴さまも高声をあげて笑いだした。

「おとどしのものですもの。竜馬どのは、そんなものをわたくしあてに出したということも忘れているでしょう」

「忘れてる？」

「もともと変なひとですから。つまりおりょうどののようにね」

と、チクリと皮肉を含んだ。

「竜馬どののというのは、深慮遠謀を好むようにみえて、軽はずみな、おっちょこちょいみたいなところがあるでしょう？」

「そうでしょうか」

ぞっこん惚れてしまっているおりょうにはそれがわからない。

「あるのです。軽薄な……」

「軽薄な？」

そんな人ではない、とおりょうは思った。

「そりゃァね、活動家というのは大なり小なり軽薄なところがあります。お尻のあちこちに火をつけて走っているような。よそ目から見ると滑稽でばかばかしいようなところが」

「坂本さまの船好きの事ですか」

「それは軽薄じゃなくて子供っぽさでしょうね。むかしあの人が十九のとき、四国からの船の中で偶然会いました。あの人は一日中胴《どう》ノ間《ま》には降りず、日射しのつよいトモに突っ立って行き交う船をむきになってながめているのです。その横顔が、ひどく子供っぽかった」

お田鶴さまは、回想を楽しむような目をしてから、すぐ微笑でごまかして、

「そんな子供っぽさというのが、仕事をする男たちには大事なところでしょう。それでなくて、変に軽薄なところがあるの」

「たとえば？」

「例えばこんな手紙を呉れて、そんなことを書いたことさえ当人は忘れて、どっかをほっつき歩いている」

「まあ」

おりょうは、腹が立ってきた。

「それだけですか」

「あなたのようなひとと、そのようなことになったりすることも」

お田鶴さまは、おりょうをのぞきこむ仕草をして、溶けるような微笑をうかべた。そのことをいいたかったのであろう。


「お田鶴さまっ」

おりょうは、きらっと目を光らせた。いかに竜馬には主筋といっていい家のお姫《ひい》さまであろうと、ゆるせないと思った。

「あなたのようなひと、というのは侮辱ではありませんか。お田鶴さま」

「はい」

お田鶴さまは、奥ぶかい微笑をつづけている。

「おりょうは、手をあげてあなたさまを打擲《ちょうちゃく》したい。許してくれますか」

と、怒りで体をふるわせた。

「聞いていますわ。おりょうどのは、妹御をかどわかした無頼漢に会いに大坂までゆき、その者を打擲して妹御をとりもどしたということがおありだそうですね」

「恥ずかしいんですけど、そんな女なのです。かっとなると何をするかわからない」

「月琴がお上手なのでしょう」

「上手じゃありません。好きなだけです」

「竜馬どのも、好色な」

お田鶴さまは、男装をしているせいか、いつもと人がわりしたように、ずけり、とした物の言いようでいう。

「月琴と好色とは、どのようなつながりがあるのでしょう」

「おりょうどの」

お田鶴さまは、息を吸いこむようなしぐさをして、いった。

「田鶴もわかりませぬ。おりょうどの。月琴を弾《ひ》く娘御を、なぜ竜馬どのは好きになったのでしょうね。……きっと」

（この娘は、男好きのする体やにおいをもっているからにちがいない）

と思ったが、さすがにそれだけは口に出していわなかった。

「私、部屋にもどります。このままお話をきいていると、どのような狼藉《ろうぜき》を働くか、自分でも自信がもてません」

と、おりょうは膝をにじらせてさがり、やがて廊下で立ちあがると、きゅっと白い足袋をきしらせて、足早に去ってしまった。


こういう会話ですが、おりょうが部屋に引き上げると「お田鶴さまが、膝をくずして脇息《きょうそく》にもたれ、ほそい肩をふるわせて泣いている」のを女中が見る。お田鶴さまは取り乱した自分を恥じて泣いていたのです。

この描写から、おりょうのひたむきさとしたたかな勁さ、これに対するお田鶴さまの嫉妬の気持を抑え、抑えきれないままに嫌味を言った自分を責める気品たかいいじらしさ。この二人の女性の性格と竜馬に対する愛情の違いがじつに見事に対比されて浮かび上がってきます。ただ、これは興味ふかい会話には違いないのですが、じつは竜馬とは関係のない、この会話が竜馬の生活や運命とかかわりをもつことのない、いわば、この小説の主題とは関係のない、読者サービスのような場面なのです。もっといえば、この会話をとり去っても、この小説は充分に成り立つのです。色模様の後始末といえばいいえないこともありませんけれども、それだけのことなのです。

＊

これより以前ですが、竜馬が北辰一刀流の剣豪として知られることとなり、また、尊王と佐幕、攘夷と開国と鎖国という政治的な激動の間で、勝海舟の弟子として、志士、浪士の間で一目置かれる存在に成長していくわけですが、そういう存在としての竜馬の性格を描き出すような挿話もまた、時代小説の醍醐味といってよいと思います。

千葉さな子に紋服の片袖をちぎって渡す「片袖」という章に、まだ片袖を渡す以前、竜馬が京都にいたときに新選組に出会う情景が描かれています。竜馬は同藩、同塾の安岡金馬、千屋寅之助と出会います。彼等と一緒に四条の東岸から板橋を渡って西岸に出ると、向こうから新選組の市中巡察隊がきます。人数は十二、三人。「みな隊服を付け、先頭の二、三人は手槍を杖についてやってくる。みな、まげを講武所風の大たぶさに結いあげ、肩をそびやかし、小者数人に大びつをかつがせ、威風凛々たる姿」です。「先頭にいる色白で二重瞼《ふたえまぶた》の役者のような男」が土方歳三。両側は家並、街路は狭い。このままでは正面衝突になる。「金馬、寅之助、ひとつ剣の妙機を教えてやろうか」と竜馬が二人にいいます。土方歳三も竜馬だと気付きます。土方と沖田総司が次のような会話を交わします。

「土方さん」

と、横にいた沖田総司が竜馬をみながら小さな声でいったものである。

「あの男は、斬れませんよ」

「なぜだ」

沖田は、天才といわれた若者である。

「なんだが、うまくいえないが斬りにくい男ですよ、剣技じゃない、剣技以外のことだけれど」

「ではおれが斬ってみせようか」

という稚気《ちき》は土方にはない。慎重な上に、砥《と》ぎあげた刃のようなするどい智恵のある男なのである。


この挿話は次のように続きます。


竜馬は、新選組巡察隊の先頭と、あと五、六間とまできて、ひょいと首を左へねじむけた。

そこに、子猫がいる。

まだ生後三月ぐらいらしい。軒下《のきした》の日だまりに背をまるめて、ねむっているのである。

竜馬は、隊の前をゆうゆう横切ってその子猫を抱きあげたのである。

隊列の前を横切る者は斬ってもいいというのが、当時の常法である。

一瞬、新選組の面々に怒気が走ったが、当の大男の浪人は、顔の前まで子猫をだきあげ、

「ちゅっ、ちゅっ、ちゅっ」

とねずみ鳴きして猫をからかいながら、なんと隊の中央を横切りはじめた。

みな、気を呑まれた。

ぼう然としているまに、竜馬は子猫を頬ずりしながら、悠々通りぬけてしまった。

そのまま竜馬は西へ。

新選組は、東へ。

「ね、そうでしょう」

と、まだ少年のにおいをのこした沖田総司は、土方歳三にいった。

「あれは斬れませんよ」

「変な男だな」

土方が、するどくふりかえったときは、竜馬ははるか後方で、ちゅっ、ちゅっ、といいながら過ぎてゆく。


竜馬は二人に説明します。

ああいう場合によくないのは、気と気でぶつかることだ。

土方は竜馬を「大胆な男だな」といい、沖田は「しかしそれだけではない。われわれの気を一瞬に融《と》かして行ってしまった。ごらんなさい。われわれの仲間の人相が、一変してしまっています。みな、子供にでも寄りつかれそうに、なごやかな顔になっている」。土方は「ふむ」といい、沖田は「翻弄《ほんろう》されたのですよ、われわれは」というと、土方は「らしい」とにがい顔でうなずいて、妙な男だ、と思うのです。

まさか、これが実話とは思われません。作者の虚構でしょう。ただ、竜馬が剣術の極意を会得した人物であることをよく分からせるような挿話を作り上げた司馬遼太郎という作家の力量に感心します。土方、沖田以下十二、三人の新選組の巡察隊と正面突破しながら、その手段たるや、相手の「気」を逸らした一瞬を衝く、度胸と気合なのです。きっと本当の剣術の名手というのはこんな人物だったのだろうという感じがいたします。『竜馬がゆく』の愉しさの一部がこういう叙述にあることは間違いありませんが、じつは、これもエンターテイメントとしての時代小説作家の読者サービスだと思うのです。この種の虚構は小説が進むにしたがって、見られなくなっていくのです。

寝待ノ籐兵衛にしても、彼は最後まで登場はしますが、活躍する場はありません。ただ、お供をして歩くだけです。お田鶴さまも最後まで登場しますが、大政奉還前後の京都の情勢を探りにきて、竜馬と会うというだけのことで、あらずもがなの出会いなのです。そういう意味で、この小説におけるエンターテイメント的な要素は小説が進むにつれ、歴史的な存在としての竜馬の意義が重要になるにつれて、お田鶴さまも、さな子も、信夫左馬之助も、みな存在感がうすれていくのです。逆に、竜馬が史実に縛られていって、作者は史実の範囲をあまり外れない限度でしか、竜馬を活躍させることができなくなるのです。

これは、この小説の構成上、弱いところだと私には思われます。いいかえれば、この小説は、時代小説からしだいに歴史小説に転化していくために、構成上の弱さがあるのですが、だからといって、時代小説は徹頭徹尾時代小説でなければならない、歴史小説は徹頭徹尾歴史小説でなければならない、などというきまりがあるわけではありません。やはり読者にとって感興のふかい小説であれば、構成上の弱さなどはとるに足らないことです。

＊

さて、『竜馬がゆく』の「船中八策」の章に、司馬遼太郎は、次のとおり記しています。

いま筆者の机の上に、一冊の本がある、

『坂本竜馬と明治維新』（訳者・平尾道雄、浜田亀吉の両氏）という書名である。著者はプリンストン大学の日本史の教授で、マリアス・B・ジャンセン氏である。

「坂本の草案には」

とジャンセン氏はこの船中八策についていう。

「以後二十年にわたり日本を風靡《ふうび》する近代的な諸観念が、すべて盛りこまれていた。老いくちた愚劣な諸制度の一掃、統治形態と商業組織の合理的再編成、国防軍の創設などである。（中略）それは武力を要せずして幕府顚覆を可能ならしめようとする方策であった」

「明治維新の綱領が、ほとんどそっくりこの坂本の綱領中に含まれている。その用語はやがて一八六八年の『御誓文《ごせいもん》』にそのままこだまするし、その公約は、一八七四年に板垣、後藤が民選議院設立運動を始めるときの請願の論拠となる」

このジャンセンの『坂本龍馬と明治維新』がはじめて刊行されたのが一九六五年（昭和四〇年）四月三〇日、『竜馬がゆく』でいえば、「厳島」の章の連載中でした。文庫本は全八冊ですが、「厳島」はその第七冊に収められており、『竜馬がゆく』はほぼ完結に近づいています。しかも、『竜馬がゆく』がこのジャンセンの著書から影響をうけたことは確実といってよいのです。

時代小説であれ、歴史小説であれ、参考資料を渉猟することは当然ですから、ジャンセンの著書を参照したことはいささかも非難されるべきことではありません。ただ、この著書が刊行されたときには、『竜馬がゆく』はかなりに進行してしまっていたので、多少の矛盾を生じることとなったのです。

私は『竜馬がゆく』を連載中から愛読していました。この小説から私が学んだことは、坂本竜馬の功績とは、薩長連合を成立させたこと、大政奉還の建白書を、後藤象二郎を介して、山内容堂に提出させたこと、それに、さきにジャンセンの著書に述べられている「船中八策」を発想、提案したことの三点にあると考えていました。しかし、大政奉還については、『竜馬がゆく』では、同じ「船中八策」の章に、次のとおり、記述されています。


（妙案はないか）

竜馬は、暗い石畳の道を足駄《あしだ》でたたきつつ、西にむかって歩いた。

一案はある。

その案は、後藤が「頼む」といってきたとき、とっさにひらめいた案だが、はたして実現できるかどうか、という点で、竜馬はとつこうつと考えつづけてきている。

「大政奉還」

という手だった。

将軍に、政権を放してしまえ、と持ちかける手である。

驚天動地の奇手というべきであった。

もし将軍慶喜が、家康いらい十五代三百年の政権をなげだし、

「朝廷へかえし奉る」

という挙に出れば、薩長の流血革命派はふりあげた刃のやりどころにこまるであろう。


その上で、配下の最年少の中島作太郎から「いまの戦争回避策は、いつに土佐藩を救済するがために考案されたのではありますまいか」と訊ねられ、「結果としては、そうなるだろう。この案が成功すれば土佐藩はたすかり、一躍、薩長をおしのけて風雲の主座を占めることになる」と答え、さらに中島から「なんのためにそこまでの親切を」と聞かれて「おれは薩長人の番頭ではない。同時に土佐藩の走狗《そうく》でもない。おれは、この六十余州のなかでただ一人の日本人だと思っている。おれの立場はそれだけだ」という問答がなされます。

ここで終わってしまえば、ジャンセンの著書は関係ないのですが、この問答に続いて、竜馬は、長岡謙吉、陸奥陽之助に大政奉還案を話します。長岡から「ところでこの案は坂本さんの独創ですか」と訊ねられ、「ちがうなあ」と竜馬は笑い出した、とあります。


三年も前に、じつは日本における最大の批評家というべき二人の人物からきいた案である。

なにしろ三年も前の前将軍家茂のころだから、当の竜馬でさえ、

（まさか）

と、実現不可能の感じがした。将軍が自発的に政権を返上するなどは考えられもせぬことではないか。

批評は頭脳のしごとである。その施すべき時機をみつけるのが、実行者のかいかんというべきであろう。竜馬は三年後のいまになって、記憶のひきだしからあのときいた話をとりだしてきたのである。

「どなたの創見《そうけん》です」

「かの字とおの字さ」

勝海舟と大久保一翁《いちおう》であった。どちらも幕臣である点がおもしろい。

この「船中八策」は一八六七年（慶応三年）ですから、それより三年前というと一八六四年（元治元年）となり、ジャンセンの著書の末尾の年譜には元治元年の項に「勝麟太郎、大久保一翁から将軍辞職案をきく」とあります。ジャンセンの著書の本文は、時間的に年譜とは一年ずれていますが、以下のとおりです。

一八六三年三月の初め、坂本は勝の仕事のために集めてきた土佐の友人たちとつれだって、勝と親しく後援者でもある大久保一翁に会った。大久保は、蕃書調所総裁、外国奉行などをつとめて、西洋については広い知識をもっていた。彼は西洋の政治制度について聞いたり読んだりしたところに助けられて、日本の統一のためには、将軍は将軍としての権力や官職を辞して、駿河、遠江、三河地方の所領を保持するだけにするのが有益ではないか、という考えをいだいていた。この点で彼は、新時代の、真に国民的な政府の樹立に関与した主要人物の一人として、後代まで記憶される人物であった。そういう政府を考えるなかで、大久保の構想は、五年に一回京都もしくは大阪に大諸侯会議を開き、別に小諸侯会議を江戸に開くという案に傾いていた。素朴ながらに二院制を示唆するこの構想は、確かに近代日本の憲法思想の原型の一つといいうるものであり、しかも重要なのは、その源流が幕府側に発していることである。最近の研究は、この考えが大久保から松平春嶽にひろがり、さらに勝にひろがっていった経路を明らかにしたが、この経路を通じて、さらに坂本竜馬にもそれはおよんだのである。三月七日に坂本が聞いた話として書いているところによると、勝は将軍が官職、称号を放棄すべきだと主張して、江戸城大広間にひかえる保守派の面々を仰天させたという。五年ののち坂本は、権力の平和的移転を促進すべく大いにつとめるが、彼がそういう可能性のあることを初めて聞いたのが勝のもとにいたときであることは、以上から明らかである。

大久保一翁にはじまり、松平春嶽をへて、勝海舟にいたる大政奉還論は、このジャンセンの記述によれば、「三月七日に坂本が聞いた話として書いているところによると」というのですから、当然、司馬遼太郎の目に触れる機会もありえた資料と思われますが、見落としていたためか、『竜馬がゆく』には一八六四年（元治元年）ないしそれ以前に竜馬が大久保、勝としばしば会っている記述があるにもかかわらず、大政奉還論を聞いたという記述はありません。ジャンセンの著書にもとづいて、大政奉還論が坂本竜馬の独創ではなく、大久保一翁、勝海舟に由来することを長岡謙吉、陸奥陽之助に語ったと解するのが自然でしょう。

現在では、大政奉還論が竜馬の独創によるものでなく、大久保一翁、松平春嶽、勝海舟の発想に由来するものであることは議論の余地がないようです。二〇〇八年に刊行された松浦玲『坂本龍馬』も二〇〇三年に刊行された松岡司『定本坂本龍馬伝―青い航跡』も同様の説を支持しています。そういう意味で、大政奉還論に関する限り『竜馬がゆく』には矛盾がみられることは否定できないのです。

ただ、発想することとその発想を実現することとは同じではありません。実現するためには、実現を可能にするような状況が必要ですし、そういう状況を洞察し、時機を捉えることは、やはり非凡な才能でなければできないことです。この小説の中で竜馬は、「ものには時機がある。この案を数ヵ月前に投ずれば世の嘲笑を買うだけだろうし、また、数ヵ月後に提《ひっさ》げて出ればもはやそこは砲煙のなかでなにもかも後《あと》の祭りになる。いまだけが、この案の光るときだ」と語っています。また、作者が「時機をみつけるのが、実行者のかんというべきであろう」と書いている「実行者のかん」とは、後藤象二郎を通じて山内容堂に建白させる、という実行案とともにその建白の時機をとらえた、この竜馬の非凡な才能の意味であろうと考えます。そういう意味で、大政奉還論が竜馬の独創による発想でないとしても、竜馬の果たした役割の意義には変りはないと考えます。この発想を三、四年以前に勝海舟、大久保一翁らから聞いていたことを『竜馬がゆく』が書いていないことは、咎めだてするに値しない瑕瑾《かきん》とみるべきでしょう。

＊

ジャンセンの著書を読んで、『竜馬がゆく』との違いがまず目につくのは勝海舟との最初の出会いです。

ジャンセンは、勝の熱心な開国論に反撥して「坂本は勝を殺そうと決意した」と書き、「勝に近づくには、松平春嶽を通じることにきめた」と書いています。ジャンセンによれば、「後年春嶽は、土方（土佐勤王派の一人で維新の動乱に生き残り、朝廷の高官となった）にあてた手紙の中に、このときのことを思い出して書いている。彼が登城のため邸を出ようとしているところへ、武士が二人、突然庭へ入ってきて面会を求めた。春嶽は二人に、用人のところへ行けといったが、あとで呼び戻して、そのいうことを終わりまで聞いた。この二人は坂本龍馬と岡本健三郎であった。話のようすから察して、彼らは「純粋に尊王攘夷の一念に燃えていた。私は二人の親身な警告に耳を傾け、深く同感するところがあった。そのうちに、彼ら二人が江戸へ来たのは、勝と横井が邪説を唱えて政局に憂うべき影響を与えているという巷説を信じてのこととわかった。」春嶽は、勝と横井に引きあわせてほしいと彼らが頼むのに承知を与え、二人を見送った。二人はまっすぐに勝のところへ行った。勝は前もって知らせを受けていた。というのは「二人が勝の家へ入るや否や、勝は大声で『諸君は僕を殺しに来たのか。そうだったら、話してみてからにしたまえ。』といった。二人はすっかりどぎもをぬかれた。しかし勝の説くところを聞き終わったときには、二人はしん底から感銘し、讃嘆の念でいっぱいになっていた。」憎悪一変して献身となる。数日後、勝が狙われているという新たな噂がとんだとき、坂本と岡本は静かに護衛に立ち、勝の家のまわりの警戒に当たったのである」。

ジャンセン自身が書いていますが、この話には「たぶんに謎めいたところ」があります。素人考えでも松平春嶽という大大名にそう簡単に面会できたというのも不可思議ですし、これから殺しに行こうという相手に紹介してもらうように頼むのも非常識ですし、紹介する松平春嶽も非常識です。

ですから、この松平春嶽の後年になってからの回想は信用できないようにみえます。つまり、『竜馬がゆく』との違いは、竜馬が松平春嶽の紹介で訪ねたのか、また、同行者は千葉重太郎か岡本健三郎か、という二点なのですが、司馬遼太郎は勝海舟の『追賛一話』によっていると思われます。松浦玲『坂本龍馬』が引用している『追賛一話』中の勝の回想は次のとおりです。

坂本氏、曾て剣客千葉周太郎《ママ》と伴ひ余を氷川の僑居《きょうきょ》に訪へり。時に半夜、余為に我邦海軍の興起せざる可らざる所以を談じ娓々《びび》止まず。氏大に会する所あるが如く余に語て曰、今宵の事窃《ひそか》に期する所あり。若し公の説如何に依りては敢て公を刺んと決したり、今や公の説を聴き大に余の固陋《ころう》を恥づ、請ふ是よりして公の門下生と為らんと。爾来氏意を海軍に致す寧日《ねいじつ》なし。別紙掲ぐる所の者は乃ち氏が海軍に関する部下に対するの規約なり。

おそらく、ジャンセンの著書を読んでも、司馬遼太郎は、どのようにして、誰と同行してはじめて勝海舟を訪ねたかについて、修正、補足の必要を認めなかったのでしょう。『竜馬がゆく』を執筆中にジャンセンの著書は刊行されたのですが、司馬遼太郎は、その著書から教えられたところは採り、不要と考えたところは採らなかったものと思われます。

＊

さて、いわゆる「船中八策」については、大政奉還論を長岡謙吉、陸奥陽之助に話したさい、その同じ船中で後藤象二郎の部屋で、後藤、長岡、陸奥の三名を前に「大政奉還の案だけを天下に投ずるのは不親切というものであろう」と考えた竜馬が卓上の懐中時計を指さし、「人に時計をくれてやっても、その使い方を教えてやらねばなにもならぬ」といい、「もっともなことだ」

と後藤が答えると、「八策ある」という。そこで、「長岡謙吉が、大きな紙をひろげて毛筆筆記の支度をした」と『竜馬がゆく』にはあります。「竜馬は長岡に合図し、やがて船窓を見た」とあって、「船中八策」が口述され、長岡が筆記します。以下、『竜馬がゆく』の記述を引用します。

「第一策。天下の政権を朝廷に奉還せしめ、政令よろしく朝廷より出づべき事」

この一条は、竜馬が歴史にむかって書いた最大の文字というべきであろう。

…………

「第二策。上下議政局を設け、議員を置きて、万機《ばんき》を参賛《さんさん》せしめ、万機よろしく公議に決すべき事」

この一項は、新日本を民主政体《デモクラシー》にすることを断乎として規定したものといっていい。余談ながら維新政府はなお革命直後の独裁体制のままつづき、明治二十三年になってようやく貴族院、衆議院より成る帝国議会が開院されている。

「第三策。有材《うざい》の公卿・諸侯、および天下の人材を顧問に備へ、官爵を賜ひ、よろしく従来有名無実の官を除くべき事」

「第四策。外国の交際、広く公議を採《と》り、新たに至当の規約（新条約）を立つべき事」

「第五策。古来の律令《りつりょう》を折衷《せっちゅう》し、新たに無窮の大典を選定すべき事」

「第六策。海軍よろしく拡張すべき事」

「第七策。御親兵を置き、帝都を守衛せしむべき事」
「第八策。金銀物貨、よろしく外国と平均の法を設くべき事」

と続きますが、以下は省略します。ジャンセンの著書に、この船中八策について、「以後二十年にわたり日本を風靡する近代的な諸観念が、すべて盛りこまれていた。老いくちた愚劣な諸制度の一掃、統治形態と商業組織の合理的再編成、国防軍の創設などである」などとあることはすでに申したとおりです。

一八七〇年（明治三年）三月、明治天皇が京都御所の紫宸殿で天地神明に誓ったという、五箇条の御誓文は次のとおりです。

一、広ク会議ヲ興シ、万機公論ニ決スベシ
一、上下心ヲ一ニシテ、盛ニ経綸ヲ行フベシ
一、官武一途庶民ニ至ル迄各其志ヲ遂ゲ、人心ヲシテ倦マザラシメンコトヲ要ス
一、旧来ノ陋習ヲ破リ、天地ノ公道ニ基クベシ
一、知識ヲ世界ニ求メ、大イニ皇基ヲ振起スベシ

これが「船中八策」の提言の発展であることは疑いないでしょう。

ただ、「船中八策」には、次の文章が付記されていたそうです。

以上八策ハ方今天下ノ形勢ヲ察シ之ヲ宇内万国ニ徴スルニ之ヲ捨テ他ニ済時ノ急務アルナシ苟モ此数策ヲ断行セハ皇運ヲ挽回シ国勢ヲ拡張シ万国ト並立スルモ亦敢テ難シトセス伏テ願クハ公明正大ノ道理ニ基ツキ一大英断ヲ以テ天下ト更始一新セン

松浦玲『坂本龍馬』は「問題は最後の「伏テ願クハ……」である。誰が誰に願うのか、十月に提出された大政奉還建白では、山内容堂が徳川慶喜に願った」。けれども、船中八策はどうか、という疑問を出し、補注では「船中八策には龍馬自筆本はもちろん、長岡謙吉の自筆本も、長岡本を直接に写したとの保証がある写本も、存在しない。そのため、いま知られている形のものが何時できあがったのか実は全く不明である」といっています。また、松浦は「船中八策」については『海援隊日史』にまったく記載がない、ともいっています。

そこで、研究者の間に諸説があるようです。混乱するのは、『竜馬がゆく』にも記されている事実ですが、大政奉還後、竜馬が岩倉具視に対して八項目の「新政府の基本方針ともいうべきものをその場で書いた」ものが存在することです。これを松浦玲は「八義」と呼び、竜馬自筆のものが二通残っていると書いていますから、これが竜馬の構想によるものであることは疑問の余地がないようです。この「八義」と「船中八策」とはどういう関係に立つのか、私見を述べることはできるほどの学殖が私にはありませんが、あえて私なりに検討してみたいと思います。
まず、「八義」といわれるものを『竜馬がゆく』から以下に引用します。

第一義　天下有名の人材を招致し顧問に供《そな》ふ
第二義　有材《うざい》の諸侯を撰用し、朝廷の官職を賜ひ、現今有名無実の官を除く。
第三義　（攘夷論を捨て）外国との交際を議定す。
第四義　律令を撰《せん》し、新たに無窮の大典（憲法）を定む。
第五義　上下議政所
第六義　海陸軍局
第七義　親兵
第八義　皇国今日の金銀物価を外国と平均す。

松浦玲『坂本龍馬』によれば、これらの八項目に加え、次の文章があるとのことです。

右預《あらかじ》メ二、三ノ明眼士ト議定シ諸侯会盟ノ日ヲ待ツテ云々
〇〇〇自ラ盟主ト為リ此ヲ以テ
朝廷ニ奉リ始テ天下万民ニ公布云々

強抗非礼公議ニ違フ者ハ断然征討ス、権門貴族モ貸借スル事ナシ
慶応丁卯十一月　坂本直柔

確実な事実は竜馬が「八義」を書いたということだけのようにみえます。しかし、「八義」と「船中八策」とが同じ思想を表現していることは誰の目にも明らかでしょう。

違いの第一は、権力を朝廷に集中させるという「船中八策」の第一策が「八義」からは省かれていることです。しかし、「船中八策」が大政奉還前の文章であり、「八義」が大政奉還後の文章だからだと考えれば、理解できます。「船中八策」と比べると「八義」では海軍だけでなく陸軍の創設も提案しているのは、中岡慎太郎の「陸援隊」を竜馬の「海援隊」が相互扶助という名目で援助することにしたのが「船中八策」以後のようですから、この間に海軍だけでなく、陸軍の創設も考えるにいたったとしても不思議ではありません。その他、憲法の制定を意図していること、上下両院による議会制を考えていること、などからみて、「八義」の成立は「船中八策」よりも後ではあっても、「船中八策」も「八義」も、同じ人物による、新政府の施策原理、基本方針を示したものとみるべきだと思います。

ことに私が注目するのは、双方の第八項なのです。これの条項については、司馬遼太郎も松浦玲もジャンセンも松岡司もふれていませんが、この項目こそ竜馬以外の者が夢想もしなかった、勝海舟、大久保一翁その他の先覚者といえども、決して思い至らなかった、竜馬の創見であり、

したがって、どういう経過で、どういう時期に、どのようにして成立したにしても、この条項からみて、「船中八策」も「八義」と同じく、竜馬の思想の表現であると考えるのです。それは、これは竜馬の関心であった、貿易にかかわることだからです。

これは広く知られていることですが、アメリカ公使タウンゼント・ハリス、イギリス公使ラザフォード・オルコックによって主導された一八五九年（安政六年）の日米修好通商条約、日英修好通商条約をはじめとする列国との通商条約の発効当時、アジアにおける唯一の国際通貨は洋銀といわれたメキシコドルでしたが、このメキシコドル一ドルと三分銀と等しいとする交換比率とすることを幕府は暫定的に列国と約束していました。これがいかに不公正な交換比率であったかを、佐藤雅美『大君の通貨』の「報復」という章で、イギリス政府大蔵省のジョージ・アーバースナットがオルコックに対して説明したことを記述しています。その説明を、私の理解にしたがって、解説してみることにします。

幕府は、金本位制をとり、銀を補助通貨とし、建前として、金一両が銀四分と等価としていました。ところが、幕府の財政の窮乏から四分銀の銀含有率を元来の含有率より低くしていました。イギリス造幣局も確認したそうですが、金一両の金含有量は洋銀四ドルの金含有量と同じであったそうです。そこで、一ドルは四分銀の一分と等価と評価されなければならなかったのです。ところが、重量で比較すると、四分銀の三分の重量が一ドル貨の重量と等しい。そこで、列国との通商条約で定められた「通貨の同種同量交換」という原則にしたがい、一ドルが四分銀三分と等価で交換できることとされたのです。

その結果、外国人は三分の一の価格で日本の商品を買い、日本の労働力を利用することができたのですが、当時、国際的には金と銀の比価は一対一五でした。たとえば、洋銀一六〇ドルをもちこんで一分銀四八〇個に替え、その一分銀四八〇個を一両金貨に替えると一二〇両の小判（金貨）になります。ところが、これを上海にもちこめば、小判（金貨）一両が洋銀四ドルと交換できたので、一二〇両の小判（金貨）は四八〇洋銀ドルに換えることができたのです。つまり、通貨の同種同量交換という仕組みと日本における金貨（小判）と四分銀の比率との諸外国との金銀比価の違いによって、外貨を三倍に換えることができたのです。そこで、洋銀（メキシコドル）を外国人が日本に持ち込んで金に換え、この金を外国で三倍で売って、外国の商人はこの金銀比率の国際相場と日本の比率との差でぼろ儲けをしていたのです。

商人だけではありません。佐藤雅美『大君の通貨』には、タウンゼント・ハリス自身もこの交換比率によって八、五〇〇ドル儲けたが、これを現在の価格に換算すれば、三億四千万円くらいになると試算しています。この交換比率が諸外国の外交官、海軍の兵士にいたるまで、ぼろ儲けさせることにしたのでした。この不合理な交換比率が一般に適用されたのは当初の一年間だけでしたが、この僅か一年間に一〇万両の金貨が流出したといわれています。しかし、外交官に限ってはこのメキシコドル一ドルと三分銀が等しいとする交換比率とする両替の特権が延長され、さらに、列国海軍の士官は毎日三ドルずつ、水兵は毎日一ドルずつ、この交換比率による通貨の両替が認められたのです。
『一外交官の見た明治維新』により知られるアーネスト・サトウも、同書の中で、この間の事情を記述しており、その一部が『大君の通貨』に引用されていますが、この利益を受けた人物の具体的な証言なので、すこし長くなりますが、関連の記述を以下に引用します。

東洋貿易に用いている洋銀《シルバー・ダラー》を充分に日本貨幣と交換できぬという苦情が間もなく起こった。そして、この問題がもとで、日本の財務当局に法外な要求を提出するに至った。しかし、結局、妥協が成立して、問題は落着したが、その結果商人の方は公開市場で一分《イチブ》銀を買わなければならないようになった。一方、官吏は「メキシコ銀」の重さに等しいだけの日本貨幣で自分の月給相当額、場合によってはそれ以上の額を受取るようになったのだが、このことは公正な人々全体の心にきわめて醜悪な印象をあたえた。誹謗《ひぼう》する者は、こう言った。このようにして公使、領事、水兵、陸兵などが受ける利得は一種の賄賂《わいろ》であり、それらの官吏はこれに釣られて日本側の条約規定違反を黙認し、官吏以外の同胞に不利をあたえるものだと。だが、これは偏見である。それは、貨幣の性質と機能に関する誤った諸説の結果なのであって、個人的利害関係が、経済学の原則によく一致している諸見解とは逆になったまでのことである。

条約によると、百ドルは実際上三百十一分《ブ》と交換されることになっていたが、しかし一八六二年九月当時の為替《かわせ》相場が百ドルにつき二百十四分《ブ》であったことは確かな事実である。各国の公使館や領事館は、館員の俸給総額とその他の管理費に相当する一定額の洋銀《ダラー》を、貨幣鋳造費として、百ドルにつき十三分《ブ》を差引かれるだけで、日本貨幣と毎月両替することを許されたのだ。そこで俸給百ドルの官吏は、公定の換算より十三分《ブ》を差引いた二百九十八分を受取った。そして、市場相場を上廻った額を、彼らは再びドルと交換した。こうして百ドルの金は百三十九ドル二十五となり、四〇パーセント近い利鞘《りざや》を実際にかせぐことができたのである。

年俸三千ポンドの公使の儲《もう》けは、だれにもすぐにわかるように莫大《ばくだい》なものであった。しかも、それだけではなかった。毎月の一分銀《ブ》割当額と実際の経費との差額は再びドルに換えて、官の金庫に納むべきドルの額を差引いた残りの利鞘を、各人の報給額に応じてそれぞれの館員に分配したのである。したがって、表向きは少ない俸給でも裕福な生活ができ、馬を飼ったり、三鞭酒《シャンペン》を飲んだりすることもできたわけだ。

時がたつにつれ、このような形で流通される一分銀《ブ》の数が増大して、その値打ちが下がり、交換の割合が市場の場合と同じところまで低落したこともあった。その時には、一時この制度が中止された。どうして金銭が官吏のふところへ、このように大きくなって舞い戻って来るかということは、経済問題に通じた人ならよく説明できる。私自身の場合でいえば、当時を省みて、まことに慙愧《ざんき》の念にたえない。歴史の法廷では価値のない弁解であろうが、私の唯一の弁解は、梯子《はしご》の最下段にいて、事務当局が渡してくれる分け前を受取っていただけであるということだ。

この金銀比価の不公正は一八六七年（慶応三年）、竜馬が非業の死を遂げる前年、交換比率が市場相場と同じに落ち着いたときまで、続いていたのです。それ故、金銀比価を公正なものとしなければならない、ということは竜馬にとっては日常的な関心事だったと思われるのです。また、絹等のわが国の産品が外国商人によって不当に買い叩かれていたことも事実ですし、これも竜馬が熟知していたに違いありません。ですから、こういう事態に竜馬が憂慮していたことが、この第八項から分かるのです。

竜馬の経済知識については『竜馬がゆく』中、くりかえし記載されています。「菊の枕」という章に、竜馬が西郷隆盛に「するめが、大砲になることをごぞんじでござるか」といって西郷が驚く場面があります。

船さえあればそれができる。たとえばするめの産地である対馬《つしま》藩を説き、かの藩のするめを買いとって上海《シャンハイ》へもってゆく。かの地ではわが国のするめが、十倍にも売れ申す。するめにかぎり申さぬ。上海で売れる商品は、日本茶、椎茸《しいたけ》、昆布《こんぶ》、鶏冠草《けいかんそう》、白炭、杉板、松板、棕梠皮《しゅろかわ》、煎海鼠《いりなまこ》、干鮑《ぼしあわび》、干貝、干海老《ぼしえび》……

と語り、「竜馬は兵庫や大坂で物の値段と海外市場をできるだけしらべ、国際市場でなにがもうかるかを考えていた」とあります。また、「お慶」という章では遊んでいる大極丸をどう使うか、竜馬が思案する個所があります。

（綿がいい）

と、竜馬はみていた。九州の綿を東へ運べばよほどもうかるとみている。綿はアメリカの南北戦争のために世界的に高騰していることも竜馬は知っていた。

長崎という国際経済都市でするどく触覚を働かせている竜馬は、もはや北辰一刀流の達人というだけの男ではない。日本であるいはただ一人かもしれない貿易家として成長しはじめていた。

とあります。

また、財政家としての竜馬について、『竜馬がゆく』の「草雲雀」の章では、竜馬が後藤象二郎にむかって、大政奉還論に関連して、将軍の称号にこだわるなら、将軍の称号は残してもいい、その代わりに「即刻、江戸の金座、銀座を京都に移転せよということだ」といい、「金座、銀座は、幕府の貨幣鋳造所である。それが京都に移転すれば幕府直営の金山、銀山も京都に移る。幕府はこのため金銀がなくなり、外国から物が買えなくなる．買えなくなれば一挙に衰亡せざるをえない」という見解を披露しているのです。

したがって、坂本竜馬は、当然、金銀の交換比率の問題も、また、商品の国内価格と国際価格との差についても充分な知識があり、そのために、開港後、すさまじいインフレーションが生じていることも承知していたはずです。その是正こそが「船中八策」「八義」の第八項であり、これは幕藩体制下の勝海舟、大久保一翁はもとより、各藩の志士、浪士たちも思いも及ばぬことでした。それ故、「船中八策」が書かれた経緯、時期がどうであれ、これが竜馬の構想に発することは明らかであると私は考えます。

すでに引用したとおり、『竜馬がゆく』には、大政奉還論を長岡謙吉、陸奥陽之助に話したさい、その同じ船中で後藤象二郎の部屋で、後藤、長岡、陸奥の三名を前に「大政奉還の案だけを天下に投ずるのは不親切というものであろう」と考えた竜馬が卓上の懐中時計を指さし、「人に時計をくれてやっても、その使い方を教えてやらねばなにもならぬ」といい、「もっともなことだ」と後藤が答えると、「八策ある」といって、「船中八策」を口述した、と書かれているのです。

司馬遼太郎は「船中八策」を大政奉還後の政治体制の構想と解し、これを大政奉還建白と一体不可分とみていたものと私は理解しています。それ故、大政奉還建白が大政を奉還する旨を朝廷に申し出るように、という進言であった、と同様、この「船中八策」も山内容堂から徳川慶喜に対して、新政府の施策原理、基本方針がこうであるべきだ、と朝廷に進言するよう、進言したものと、私は解釈し、そういう意味で、司馬遼太郎の解釈に同感します。また、「八義」も、同様の趣旨の進言であると解釈し、大政奉還後ではあるけれども、大政奉還後も十二月九日のいわゆる小御所会議のクーデターまでは、徳川慶喜は将軍職は返上しても内大臣の地位にあったのですから、「八義」の「〇〇〇自ラ盟主ト為リ」の〇〇〇には徳川慶喜をあてることを竜馬は想定していたのであろうと思います。

このように考えて、私は「船中八策」を竜馬が構想したものと信じているのです。『海援隊日史』に記載がないからといって、また、原本や写本がないからといって、「船中八策」として伝えられたものが残っていることは事実なのですから、その「船中八策」が実在したことは否定できない、と私は考えています。

そこで、「船中八策」は大政奉還の建白と同じく、山内容堂を通じて徳川慶喜に建白、ということは徳川慶喜からさらに朝廷に進言する性質のものであった。『竜馬がゆく』に書かれているとおり、「船中八策」は大政奉還後の政治体制の具体的提案である、と私は考えているのです。

＊

『竜馬がゆく』はエンターテイメント小説として書きおこされ、途中から、歴史小説の性格を色濃くもつようになった作品です。それ故、小説としての性格に混乱がみられると思いますが、エンターテイメントとして愉しく、歴史小説として、その本質において正確に歴史を捉えている、わが国に稀有の教養小説なのです。

『世に棲む日日』と河上徹太郎『吉田松陰』

『世に棲む日日』は、吉田松陰の伝記的小説として読むかぎり、私には物足りなく感じられます。この作品は文庫本で四冊ですが、吉田松陰の生涯の記述は第二冊のほぼ半ばで終り、以下は高杉晋作の生涯の記述ですし、第二冊の半ばまでにも高杉晋作についてかなり筆を費やしていますから、これは高杉晋作の伝記的小説であって、吉田松陰に関する記述は、高杉の伝記の序説をなしているにすぎないのかもしれません。確かに、高杉は吉田松陰の弟子には違いありませんが、高杉が吉田松陰から何を学んだかはこの小説の主題ではなく、多くの枚数が高杉の事跡の記述に充てられているために、松陰の生涯が充分に語られていないという憾みがあるのです。

河上徹太郎は、その著書『吉田松陰』の「山鹿素行の士道㈠」の冒頭に「司馬遼太郎氏は私のこの仕事に何かと貴重な忠言をしてくれる人だが、かつて雑談の際、私が松陰と山鹿素行のつながりをどう書くか、興味を持つてゐる旨語つてゐた。その時氏は、どうも素行といふ人物が好きになれない、といつた口ぶりだつた」とあり、また、『吉田松陰』の末尾に収められている「殉死といふこと」に「殉死といへば、最近この題名で乃木将軍を描いた司馬遼太郎氏の名著がある。私も一読して私が朧ろに想像してゐた乃木のイメーヂが実現されてゐるのでよく納得出来た。氏は乃木の自殺を確かに殉死の本来の意味で捉へてゐる。そしてそれが乃木といふ人物にふさはしいことを実証してゐる」と記しています。

これらからみて、河上徹太郎が司馬遼太郎のよい読者であることが分かりますが、私は河上徹太郎は司馬遼太郎の『世に棲む日日』に技癢《ぎよう》を感じて、『吉田松陰』を書いたのであろうと久しく考えていました。ところが、『吉田松陰』は一九六八年（昭和四三年）十二月に刊行されており、『世に棲む日日』は、これより後、一九六九年（昭和四四年）二月から一九七〇年（昭和四五年）十二月にかけて「週刊朝日」に連載されていたことを知って、いささか驚いています。

一つには河上徹太郎が『吉田松陰』の執筆中、すでに河上徹太郎に「何かと貴重な忠言を」することができるほどに司馬遼太郎が吉田松陰の事跡等について、たとえば、松陰の山鹿素行に対する心情について、熟知していたことに驚いたのです。そう考えてみると、司馬遼太郎としては『世に棲む日日』を書くさい、河上徹太郎『吉田松陰』を意識せざるをえなかったでしょうし、それが、『世に棲む日日』の吉田松陰の思想について詳しく記述することを控えさせたのではないか、と私は疑っています。

じつは、『世に棲む日日』によって読者は吉田松陰の人格、事跡を知ることができ、河上徹太郎『吉田松陰』によって読者は松陰の思想を知ることができ、両者はたがいに補い合う関係にあるのではないか、と私は考えています。そして、その理由は、『世に棲む日日』を書くさいに、司馬遼太郎がすでに河上徹太郎の著書を意識していたためではないか、と考えているのです。

＊

吉田松陰の生涯におけるもっとも広く知られている事件は一八五四年（安政元年）四月、再度来航したペリー艦隊に乗り移り、密出国を企てたことでしょう。

『世に棲む日日』には「松陰ほど、自分自身の静止をおそれた若者はいない。つねに活動体であろうとした。（中略）密航である。かれにとって敵であるはずの米鑑に投じ、ひろく世界を偵察しようとした」とあります。そこで、唯一の門人金子重之助にあれこれとのえさせ、宮部鼎蔵が「百に一つも成功せぬ。かならず獄門首になる。君は、わかっているか」と問いかけると、「松陰は、明るすぎるほどの顔色で「私はむしろ、鈴ケ森の獄門台に首を梟《さら》されることを望んでいる」と答え、さらに宮部の問いかけに、松陰は「志士の本願は、獄門首ではあるまいか」と、友人たちの忠告をふりきり、金子を同行させて、密航の決行にのりだしたのでした。四苦八苦の末ペリー艦隊の旗艦にどうにか辿りつき、松陰は渡航の趣旨を記した手紙を渡します。『世に棲む日日』では、通訳官ウィリアムズとの間の問答が以下のように記されています。

さて、本論である。

「手紙でものべたように、我等は世界を見たい。アメリカへ連れていってもらいたい」

と、松陰がたのむと、ウィリアムズは急にむずかしい顔になり、

「私個人の考えではたれか日本人を一人、アメリカへつれて帰りたいと思っているのだが、しかしいまは時期ではない。あなた方が、あなたの政府に許可を得るまで、その希望をかなえてあげるわけには参らない」

と、ながながと書いた。かれのこの拒絶はペリーの意思でもあった。ペリーは松陰の手紙もよんだし、この甲板上のさわぎについても、提督室にあってすでに報告をうけている。

アメリカ側は、この拒絶の理由についてさらにくわしい内容のものを、その正式記録にのせている。

「この処置につき、もし提督が自分だけの感情で事をはこんでいいという立場なら、この気の毒な二人の日本人を、よろこんで艦内にかくまったであろう。しかし、そうもできなかった。米国はやっと条約を日本と結ぶことができた。日本側の条件は、日本の法律をまもってくれということであった。もしここで米国が、この日本人民の逃亡に共謀するとすれば、日本の国法をやぶることになる。日本の国法では、人民の外国ゆきを死刑をもって禁じている。米国人にとってなんの罪もないことだが、しかしこの二人の祖国の法律では重大な犯罪なのである。さらにかれら二人は、うたがえばきりのないことだが、ひょっとすると間諜《かんちょう》――米

国側が日本の法律をまもるかどうかということを、日本がためすための道具——としてつかわれているかもしれない」

さらに、

「この事件は、日本人というものがいかにつよい知識欲をもっているかということの証拠として非常に興味がある。かれらは知識をひろくしたいというただそれだけのために、国法を犯し、死の危険を辞さなかった。日本人はたしかに物を知りたがる市民である」

松陰は、さらに懇願した。金子重之助は、

「拒絶されれば私どもは殺されましょう」

と言い、ウィリアムズを動揺させた。ウィリアムズは、もう一度提督の意向をきいてみる、といって去ったが、やがて甲板上にもどってきて、やはり提督の意思はかわらない、と気の毒そうに告げ、

——早く帰れ。

と、紙片に書き、金子重之助にわたした。

以上は司馬遼太郎の小説家としての筆力を窺わせるに足る描写です。松陰、金子重之助の必死の懇願とこれに対するアメリカ側のつれない態度がまざまざと眼前に浮ぶようですが、それはそれとして、河上徹太郎『吉田松陰』は、この時の松陰の手紙にふれているので、以下、河上徹太郎

の文章を引用します。

松陰はいつでも人を信じた。安政の獄でも、取調べの奉行を信じたばかりに間部要撃の陰謀を自白するやうないらざる藪蛇をやつて首を斬られたやうに、夷狄を信じるからこそ下田で米船にかくまつて貰はうとしたのである。彼がその前日アメリカの士官に手交したといふ左の手紙は、象山の加筆があるのださうだが、尠くとも相手を欺して取り入らうといふのではなく、事実を述べ、辞句は本心から出てゐるのである。それがどうして夷狄を蔑視したり、敵愾心を持つたりするであらうか。

日本江戸ノ二書生、謹ンデコノ書ヲ高級将校モシクハ事務支配官閣下ニ呈シ候。生等ハ卑賤小碌ノ者ニシテ大官高位ノ人々ノ前ニ出ヅルヲ恥ヅルモノニ候。生等ハ、武器モ、ソノ用法モ、戦略及ビ訓練ノ原則モ知ラズ、空シク歳月ヲ過シテ、全ク無知蒙昧ナルモノニ候。生等少シク欧米ノ習慣知識ヲ聞知致シ、五大洲ヲ周遊セント欲スル志ヲ起シ候ヘドモ、ワガ国ノ航海ノ禁止ハ如何トモスル能ハズ。……

カクノ如キモノ多年、今幸ニ貴国軍艦ノ来テワガ海上ニ碇舶スルニ会シ、カツ貴国将校ノ他ニ対スル親切同情ノ深キヲ知リ、コヽニ宿昔ノ志望マタ勃々トシテ、抑フベカラザルニ至リ申シ候。コヽニ於テ生等ハ一計ヲ劃シテ、コレガ実行ヲ決心致シ候。即チ秘密ニ貴国軍艦ニ搭乗シ、海ヲ航シテ、五大洲ヲ旅行スルコトニ候。コレワガ国法ヲ犯スモノニ候ヘドモ、敢テ決行致サント存ジ候。何卒コノ懇願ヲ一笑ニ附シ去ルナク、生等ヲシテ志望ヲ実行スルヲ得セシメ下サレタク切ニ願ヒ奉リ候。モシ我等ノ力ニテ、勤ムベキ事アラバ何事タリトモ御命令ニ従ヒ、相勤メ申スベク候。

河上徹太郎は「私が今このさほど重要でもない文献を引用したのは、松陰の物腰だけでなく、その根本的態度がこゝに現れてゐるからである」といい、「松陰はこの下田踏海の挙に破れて、江戸に捕はれ、更に萩の野山獄に繋がれるのだが、そこで安政元年に書いた「幽囚録」は彼の対外政策の基本精神を述べ、先づこの考へ方が死に至るまで変つてゐない。そしてそれが今の米士官へ手交した一書とも本質が矛盾してゐないことは、先に私がスティヴンスンの章で引用した所の、城下に兵学校を興し、蘭・露・米・英の書を講ずべし、といふ考へ方でも分る筈である」といっています。このスティヴンスンの章で引用した所というのは、「幽囚録」中の松陰の教育論です。これも引用いたします。

大城の下、宜しく兵学校を興し、諸道の士を教へ、学校中に操演場を置きて砲銃歩騎の法を習はし、方言科〔外国語科〕を立ててオランダ及びロシア・メリケン・イギリス諸国の書を講ずべし。……オランダの学は大いに世に行はるるも、ロシア・メリケン・イギリスの書に至りては、未だよく読む者あるを聞かず。……今宜しく俊才を各国に遣はして、その国の書を購じ、その学術を求めしめ、因つてその人を立てて学校の師員となすべし。又漂民の国に帰り、夷人の投化せる者を求めて、亦これを学校の中に置き、その聞見知識せる所を問へば、即ち益を広むるの法なり。器機技芸は年を逐ひて変革し、思慮に始まりて試験に成ること素より華夷〔外国と日本の区別〕なし。

河上徹太郎の説明によれば、松陰はその処刑の一週間前に弟子の入江杉蔵に宛てた手紙でその構想を発展させ、「松下村塾のやうな地方の塾があり、その上に城下に藩学があり、更に中央に一つ大学校を置かうといふのだが、その先で」

京師に大学校を興し、上　天子親王公卿より下級武家士民まで入寮寄宿出来候様致し、恐れながら　天朝の御学風を天下の人々に知らせ、天下の奇才英能を　天朝の学校に貢し候様致し候へば、天下の人心一定仕るに相違なし。

と書いているそうです。

つまり、『世に棲む日日』では吉田松陰の個人的冒険という色彩が強く、彼の獄門にかかることも怖れないまでの好奇心が読者の心に迫るものがあり、その描写自体が印象的でもあり、悲壮でもあるのですが、松陰の志はさらに世界に知識を求め、求められた知識を天下に普及させる、という壮大なものであったことを河上徹太郎『吉田松陰』は教えているのです。（ただ、私のような世俗の中で生きている者にとっては、かりに松陰が「下田踏海」に成功し、ペリーの軍艦に便乗し、せいぜい雑用の手伝いでもして、アメリカに渡ることができても、その先、「五大州」を旅行するさい、言葉や費用をどうするつもりだったのか、不思議に感じます。しかし、こうした非現実的、空想的な計画に生命を賭けることができる人が真の思想家なのかもしれません）。

＊

この河上徹太郎のいう「下田踏海」の失敗の結果、松陰は下田の牢獄にしばらく幽閉された後、九月下旬に萩の野山獄に繋がれることになります。河上徹太郎は松陰が講じた『講孟余話』について四回にわたり説明しているのですが、それはしばらく措くこととし、『世に棲む日日』の冒頭に近い「玉木文之進」という章の一節について触れたいと思います。玉木文之進は松陰の叔父であり、幼少時の松陰の師ですが、この玉木文之進の教育について『世に棲む日日』は次のように書いています。

玉木文之進は、兵学のほか、経書や歴史、馬術、剣術もおしえる。しかしそういう学問や技術よりも、

——侍とはなにか。

ということを力まかせにこの幼い者にたたきこんでゆくというのが、かれの教育方針であるらしかった。

玉木文之進によれば、侍の定義は公《おおやけ》のためにつくすものであるという以外にはない、ということが持説であり、極端に私情を排した。学問を学ぶことは公のためにつくす自分をつくるためであり、そのため読書中に頬のかゆさを掻くということすら私情である、というのである。


そこで松陰の身の上に話を戻しますと、野山獄に移された松陰は、一八五五年（安政二年）六月から同じ牢獄に繫がれている囚人のために『孟子』を講じ、その年の末に許されて帰宅、中絶の後、講義を再開、一八五六年（安政三年）六月に『孟子』全巻を読み終え、その講義を『講孟餘話』と題して世に遺しました。これを長州藩の学校、明倫館の学頭、山県太華の許に届けます。『世に棲む日日』には、次のように書かれています。


松陰はこの著を藩学の大宗《たいそう》である山県太華におくり、その批評を乞うたところ、意外にも太華は認めず、それどころか、

「この書、じつに偏執で過激である」

といい、大いに論難した。松陰の思想を、である。松陰はこの書において「孟子」を語るよりもむしろかれの勤王思想というこの当時の危険思想を語ろうとした。松陰にいわせれば日本の中心は天皇であり、幕府ではない。さらに日本人たる者は大名から庶民にいたるまで天皇の臣であり、将軍の臣ではない、という幕府がこれを知れば飛びあがっておどろくであろう思想を述べた。

が、山県太華は、

「そういうばかなことはない」

と、反駁文《はんばくぶん》を書き、松陰に送り、さらに松陰はその反駁を書き、往復数度におよんでついに決裂した。

山県太華にいわせれば、

「大名は朝廷の臣ではなく、幕府の家来である。松陰はこの程度の事実認識をもできていない」

という現実に立脚した日本国家の構造解釈で、要するに佐幕論であった。

この司馬遼太郎の要約は間違いではありません。ただ、河上徹太郎『吉田松陰』によって、その詳細を知ると、松陰の思想の実体がその陰翳とともにもっとはっきりと理解されると思うのです。河上徹太郎は「講孟餘話㈠」に山県太華の評に対する松陰の感想を引用しています。

……皇道国運ヲ以テ己ガ任トナス。コ、ニオイテ餘話ノ著アリ。タヾ浅識陋学、アヘテ自ラ信ゼズ、必ズ有道〔徳ある人〕ニツキテ正サント欲ス。藩儒ヲ回視スルニ、ソノ耆宿老成、太華翁ニ若《シ》クハナシ。因ツテ稿ヲ具シテ教ヲ乞フ。翁、年七十、病廃日久シ。然レドモ道ヲ衛《マモ》ルノ志未ダ曽テ少シモ衰ヘズ、親《ミズカ》ラ数件ヲ弁駁シテ還サル。コノ編コレナリ。翁、廃後半身痿痺《キヒ》シ、左手モテ字ヲ写ス。（中略）前輩気根〔先輩の精力〕ノ深厚ナル、マタマタ如何ゾヤ。然レドモソノ立論、悖謬乖戻〔道理にもとり〕、忌憚アルナシ。大意ハ幕府ヲ崇ンデ朝廷ヲ抑フルニアリ。

山県太華の弁駁の情熱にも私は感銘を覚えますが、河上徹太郎は、松陰が「老人をいたはり、しかもその不屈さを認めてゐるのだが、何か老廃者の一徹をからかつてゐるやうにも見えるのは、後代の私の不遜の至すところか」といいながら、この時点の松陰の思想を同じ文章から引用しています。

ワレ生来未ダ曽テ幕府ヲ軽蔑セザレドモ、シカモ独リソノ甚シク朝廷ヲ尊ブヲ以テ、太華ノ黜斥《チュツセキ》〔しりぞける〕スル所トナル。ア、、ワレ皇道国運ノタメニ言ヲ立ツ、何ゾ太華ノ黜斥ヲ避ケン。乃チ幕府ノ刑辟〔刑罰〕ト雖モ、亦避クルニ遑《イトマ》アラザルモノアリ。然レドモ太華ノ論ハ幕府ノ美疢《ビチン》（口に甘いもの）ナリ。ワレノ言ハ幕府ノ薬石ナリ。美疢ヲ進メテ薬石ヲ斥クルハ少シク智識アル者ノ敢ヘテ為サザル所、況ヤ幕府ヲヤ。

この文章に注釈を加えて、河上徹太郎は、孟子のいう「仁義」こそが、精神主義でなく、国家繁栄のための現実的な施政方針であるという徹底した信念が松陰を驚喜させた、といい、ただ、戦国時代の中国と封建制下のわが国では重大な相違があり、わが国では「諸侯を統べる幕府があり、その上に隠然と、然し四民の心の中に拭ひ去ることの出来ぬ天朝の意識がある」とことわり、「松陰の尊王イデオロギーを一言で要約すれば、先づ孔孟の仁の精神に培はれ、わが国独自の天皇の在り方の不動性に啓示され、それが庶民の民生政治の理想に結びついたものといへる」と要約している。さらに、河上徹太郎は「松陰が生国を去ることが出来ないのは、一に自分に衣食や読み書きの道を授けてくれた父母の「恩」を知るからであり、君もし暗愚なら自分は諫死すればよい、この自分に観感する者があつて必ず自分の志を継いでくれる、といふのである」といっています。

河上徹太郎の「講孟餘話」の解説をさらに引用します。

松陰は決して天皇不可謬論者ではない。後白河や後醍醐の失政を認めてゐる。そんなことから、天皇が兵馬の大権（だけ）を将軍に委ねることも認めるのである。然し名目だけでも将軍が土地人民を私する態度に出ることは、松陰が君臣一体わが国力の伸展を計る気持に背くので許さないのである。太華は「普天率土、幕臣幕士に非るなし」であつて、自分は「普天率土、王臣王土に非るなし」だと彼に反駁するのである。

さらに、河上徹太郎によれば、山県太華は松陰をこう批判しています。

> もし天朝が幕府に、お前が今持つてゐる土地は誰から貰つたのかと問はれたなら、関ヶ原の一戦で天下家康に帰したのであつて、その土地を豊臣氏から伝へたのではない。固より天子に賜はつたのでもない。天下の武将たるによつて自然天下これに帰したのであると、有りの儘に〔太華自身の用語〕答へるであらう。重ねてその始め武将には誰が与へたのだと問はれたら、コレハ頼朝ヲ起シテ問ヒ給フベシ、臣ガ知ル所ニ非ズ候、と答へるだらうか、私はよく知らない。

河上徹太郎は、この批判は松陰が「必ず躓く言葉であらう。然し一見無責任で傲岸だが、そのものずばりである」といっています。そこで、松陰の尊王思想は、征夷大将軍たる徳川幕府に帰属する諸侯の一人である毛利家の家臣であることとどのように矛盾なく、両立できるかが、問題にならざるをえません。この『講孟餘話』に記された『孟子』を読み終えたと同時期の一八五六年（安政三年）八月に僧黙霖に松陰が書いた手紙を河上徹太郎は同書の「僧黙霖との出合ひ㈡」で引用していますので、これを読んでみることにしたいと思います。

征夷〔幕府〕ノ罪悪ヲ日夜朝暮口ニセザルハ大イニ説アリ。今幽囚シテ征夷ヲ罵ルハ空言ナリ、且ツワガ一身モ征夷ノ罪ヲ諫メズシテ生ヲ偸《ヌス》ム。サレバ征夷ト同罪ナリ。ワガ主人モ同罪ナリ。己レノ罪ヲオイテ人ノ罪ヲ論ズルコトハ、ワレ死ストモナサズ。故ニ前ニイフ所ノ時ヲ得ル迄ハワガ心腸ノ工夫ト親戚ノ教諭ノミナリ。他日、主人ヲ諫メテ聞カザレバ諫死スル迄ナリ。

ワガ主人ワガ直諫ヲ容レテ六百年来ノ大罪ヲ知ル時、ワガ主人ヨリ諸大名カツ征夷ヲモ規諫ヲ尽スナリ。征夷ノ事ハワガ主人ノ君ニハ非ザレドモ、大将軍ハ総督ノ任ニテ二百年来ノ恩義一方ナラズ故、三諫モ九諫モ尽シ尽スナリ。……今ノ東夷タトヘ桀紂ニモアレ、ワガ主人モワガ身モ未ダ天朝ヘ忠勤ヲ欽キヲリタレバ、征夷ノ罪ヲ挙グルニ遑アラズ。タヾ己レノ罪ヲ顧ルノミ。

河上徹太郎が指摘しているように、この時点における松陰はまったく反幕的でもないし、もちろん討幕的でもない。主君である毛利侯を諫め、諫めぬき、さらに、諸侯と力を合わせて、徳川将軍を諫めて天朝に忠義をつくさせるというのですが、この諫言が聞き入れられなければ、死も止むを得ない、という激しい思想なのです。

そこで、「侍」とは何か、といえば、河上徹太郎が「講孟餘話(二)」で引用している松陰の文章によれば、次のようなことのようです。

大人ノ事ハ心ヲ労シ、人ヲ治メ、人ニ食《ヤシナ》ハルルナリ。小人ノ事ハ力ヲ労シ、人ヲ食ヒ、人ニ治メラルルナリ。凡ソ人ニ四等アリ、士農工商トイフ。ナカンヅク農工商ヲ国ノ三宝ト称シ、各〻ソノ職業アリテ、国ニ於テ一モ欠クベカラズ。独リ士ニ至リテハ三者ノ如キ業アルコトナシ。而シテソノ職業ヲ思ハズ、厚禄ヲ費シ衣食居ノ奢ヲ窮メ、傲然トシテ三者ニ驕ルハ、アニ畏レ多キコトニ非ズヤ。故ニ士ト生レタル者ハ、文武ヲ修熟シ、治乱ノ御奉公ヲ心掛クベキコト固ヨリナリ。タダ吾ガ輩己ニ幽囚ノ身トナリ、コレラノ事ヲ語ルモ空談ニ近シ。而シテ大イニ然ラザルモノアリ。何トナレバ、今日食フ所ノ食、衣ル所ノ衣、用フル所ノ器、皆コレ国家ノ余沢ニ非ズヤ。而シテ我レ農工商ノ業ヲナシテ、以テ国恩ニ報ズベキ身ナラネバ、又、タダ書ヲ読ミ道ヲ講ジ、忠孝ノ一端ナリトモ研究シ、他日ニ報ズルコトヲ忘ルベカラズ。士ハ三民ノ首ニシテ、君ハ又諸士ノ長ナレバ、ソノ自ラ養フ益〻厚ク、自ラ職トスル益〻重シ。人ニ食《ヤシナ》ハルルノミニテ、心ヲ労シ人ヲ治ムルコトナクンバ、ソレ何トカイハン。

松陰にとっては、武士とは、侍とは農、工、商の業に従事する人々に養われている存在であり、そのためにこそ、治世に心を砕き、その素養を身につけるよう励まなければならない存在であり、藩主はそうした武士、侍の長として、その責任はますます重いのです。玉木文之進によれば、侍の定義は公のためにつくすものであるという以外にはない、ということが持説である、と司馬遼太郎が書いていることはすでに指摘しましたが、その思想的な基盤とは、武士とは、農工商の業務にしたがう人々によって養われている存在だ、それ以外に存在意義がない以上、武士には「私」というものを持ったり、「私」が入り込んだりする余地はないのです。

幕藩体制下において、ここまで徹底的に武士という存在意義を問い詰めた人が他にあるのかもしれませんが、私は河上徹太郎の『吉田松陰』によって、はじめて彼の行動原理の特異性を知ったのです。そして、彼の行動原理のすさまじさにほとんど言葉を知らないほどに感銘をうけたのです。

このことと関係あるのか、どうか分かりませんが、彼が、河上徹太郎のいう「下田踏海」にさいして、五大洲を旅行することができたとしたら、言葉はともかく、その旅費をどう考えていたのか、私には不可解なのですが、あるいは、武士は養われる存在なので、外国へ行っても、養われる、と思っていたかもしれません。もちろん、彼の国際認識の問題ではありますが、この侍の存在意義の思想とは多少は関係がありそうにも思われるのです。

＊

ところで一八五八年（安政五年）四月に彦根藩主井伊直弼が大老に就任し、政治情勢が一変します。『世に棲む日日』で司馬遼太郎は次のように書いています。


このとほうもない果断家は、かれの政治的冒険心のいっさいを賭けて、幕府権力をペリー以前の姿にするか、もしくはそれ以上の絶対専制権力にしたてあげようとした。

直弼の滑稽さは、その方法を、検察力のみにたよったことであった。大弾圧を企画し、遂行した。弾圧すべき対象は、江戸で幕政にくちばしを入れた何人かの大名、京で志士たちにおどらされた親王や公家、それと京を中心に幕府批評をしつづけた危険思想家と運動家たち——むろん松陰は京都活動こそしなかったが、これらの連中の末端ぐらいには入る——であった。井伊直弼は、決断した。いわゆる安政ノ大獄が、進行しはじめた。

この時期から、松陰の心は、ほのおで煮られるフラスコのなかの水のようになる。

かれにとって悪材料が日に日にふえてゆくが、しかし松陰はこの時勢について絶望を語らない。この若者のほとんどうまれつきといえる奇妙さは、事態が悪化し、豪雨の前の空のように陰々として暗くなればなるほど、その密雲の上の固有の蒼天《そうてん》をおもうらしい。むろんたれの目にもみえないが、松陰の目には網脈が青くそまるほどのあざやかさでおもうようであった。

井伊直弼が天下に君臨した絶望の時期にあって、萩にいるかれのフラスコのなかの思想は、ほとんど蒸留水《じょうりゅうすい》のように純粋になり、

「独立不羈《ふき》三千年来の大日本」

と、日本の独立性を讃美し、その日本をアメリカの束縛下におくこと（一朝、人の羈縛《きばく》を受くこと）を、

「血性ある者、視《み》るに忍ぶべけんや。ナポレオンを（地下から）起してフレーヘード（自由）を唱へねば腹悶医《ふくもんいや》しがたし」

と、さけぶようになった。日本史上最初の革命宣言というべきであろう。

＊

司馬遼太郎の文章は非常に文学的ですが、同じことを河上徹太郎は『吉田松陰』の「松陰の国際認識」の章で、次のとおり書いています。

松陰の思想は安政五年の中頃から急に過激化した。それは幕府が勅許に背いてハリスとの

通商条約に調印したからであるが、今われわれは勅許云々と関りなしにこの問題を考へて見ることが出来、又その方が納得がいくのである。

松陰が鎖国といふことをどういふ風に見るか？　それは今の「幽囚録」で分るやうに、彼は条件附開国論者である。然し同じ「開国」でも、幕府の日和見的開国とは真向から対立するそれである。つまり「攘夷」といふことは、これをこちらからの侵略を主義とする意味で解するのでなければ、終始捨てない立場なのであつた。彼が積極的に討幕論に転じた安政五年の正月には、獄から解かれて暫く自宅の幽室で彼なりの平和な新年を送つて、次の詩がある。

新年頗ル無事、
人ノ書寮ニ至ルナシ、
寮中二子アリ、
鼎坐シテトモニ吟謡ス、
暖雨雪融クルコト早ク、
何レノ処ニカ皀鵰《サウテウ》〔くまだか、外夷のこと〕ヲ射ン、

二子とは相手は久坂玄随である。閑居から奮起に移るしばしの安らぎである。ついで正月六日、「狂夫の言」といつて、それまでの彼にない激しい政治的論文を書くのだが、四月中旬、その意を受けて「対策一道」といふ上書を書き、それによつていはゞ攘夷開国論といつ

た立場を明かにした。その冒頭から引けば、

弘化ノ初メ蘭使至リテ変ヲタテマツル。〔オランダの使者が来て、世界の情勢を説き、開国を勧めたこと〕コ、ニオイテカ天下紛々トシテ兵ヲイフ。時ニ和ヲ主トスル者少ク、戦ヲ主トスル者多シ。ソノ後米露英仏駸々トシテ来リ問フ。而シテ墨夷《アメリカ》ノ患最モ深シ。コ、ニオイテカ兵ヲイフ者益々盛ナリ。而シテ先ノ戦ヲ主トスル者多クハ変ジテ和ヲ主トス。和ヲ主トスル者多クシテ、戦ヲ主トスル者少シ。ソレ戦ヲ主トスル者ハ鎖国ノ説ナリ、和ヲ主トスル者ハ航海通市ノ策ナリ。国家ノ大計ヲ以テコレヲイハンニ、雄略ヲ振ヒ四夷ヲ馭セント欲セバ、航海通市ニ非ザレバ何ヲ以テナサンヤ。モシスナハチ封関鎖国、坐シテ以テ敵ヲ待タバ、勢屈シ力縮ミテ、亡ビズンバ何ヲカ待タン。且ツ神后ノ韓ヲ平ゲ、貢額ヲ定メ、官府ヲ置キタマフヤ、時ニ乃チ航海アリ通市アリ。徳川氏征夷ニ任ズ、時ニ固ヨリ航海シテ通市セリ。ソノ後天下已ニ平カニ苟偸《コウトウ》無事ナリ、寛永十三年乃チ尽クコレヲ禁絶ス。然ラバ即チ航海通市ハ固ヨリ雄略ノ資ニシテ祖宗ノ違《ママ》法ナリ、鎖国ハ固ヨリ苟偸ノ計ニシテ末世ノ弊政ナリ。然リト雖モ、コレヲイフコト難キモノアリ。今ノ航海通市ヲイフ者ハ能ク雄略ヲ資《タス》クルニ非ズ、苟モ戦ヲ免カレンノミ。ソノ志固ヨリ鎖国者ノ戦ヲ以テ憚リトナサザルニ如カズ。

要するに、松陰の論旨は幕府の屈辱的開国を責めるのであつて、その先で、

今アメリカハ相〔領事〕ヲ置キ、市ヲ縦《ホシイママ》ニセント欲ス。蓋シ相ヲ置クハワガ国ヲ馭スル

所以ナリ、市ヲ縦ニスルハワガ民ヲ誘フ所以ナリ。又天主堂ヲ立テテワガ国ノ妖禁ヲ除キ、及ビ商館ヲ建テワガ民ヲ傭ヒテコレヲ用ヒント欲ス。

といふ風に、このまゝで友好通商関係に入れば、わが国の立場が下手《したで》になつて事実上侵略される形になるといふのである。

河上徹太郎は引きつづいて「狂夫の言」からも引用した上で、

こんな風に愚民の心をつなぎとめ、次に有識階級に手を延ばして、技術者を雇ふであらう。すると「利ヲ知リテ義ヲ知ラズ、書ヲ知リテ道ヲ知ラザル」インテリたちが、それに群りたかるであらう、と惧れるのである。かういふことは支那に対するイギリスのやり口がすぐ眼の前に適例を示してゐるのである。かういふ論が、西洋のキリスト教的慈善の中からその征服欲的性格を分析拒否しようとする岡倉天心に直結してゐることは明瞭である。

だから松陰は、先の海運振興の説についても、自立的に造船航海の術を邦人が習得すべきことを強調し、安易に傭船のやうな形で外国船を利用しようとしては事を誤ることを、既に「幽囚録」で警戒してゐるのである。

といっています。

河上徹太郎は、松陰の言葉に「勢余つて威圧的に出る傾が感じられないでもない」と注意し、アジア的尊大さの気風にもふれていますが、詳しく紹介する必要はないと思いますので、省略いたします。

*

「たまたま、このときかれのこの革命的幻覚を鼓舞するような情報が入った。幻覚は幻聴をよぶのかもしれない。その情報とは、なんと、「薩摩藩が京で兵力をあげて幕政に打撃をあたえる。越前福井藩がこれに協同する」というものであった」と司馬遼太郎は『世に棲む日日』に書いています。松陰は、薩摩藩と福井藩によって、京都に革命が起こるだろう、という幻覚を抱きます。そこで、この時機を利用して、老中間部下総守《しもうさのかみ》(詮勝)を殺そうと考えました。間部は井伊直弼の使いで公家を工作し、公家が「日米通商条約締結派」となるように運動していたので、条約締結を阻止するには間部を殺さねばならないというわけです。「殺すのは長州藩士一手でころす」、と考え、藩政府に提案するにいたるのです。司馬遼太郎は『世に棲む日日』で次のとおり書いています。

「そのためには武器が要ります。その武器を貸してもらいたい」と大まじめに申し出たのである。

かれが要求した武器というのが、たいそうなものであった。

「クーポール砲三門、百目玉筒《づつ》五門」

という新旧大砲八門で、弾薬も必要量ほしい、というものであった。

途中をすこし省略して、司馬遼太郎の文章の引用を続けます。

藩庁は、松陰の狂気を議論でしずめる自信がなかった。やむなく松陰の身柄をふたたび野山獄に入れ、社会から隔離し、その自由を奪うことによってかれの暴発をふせごうとした。

この間部詮勝を殺すという計画そのものがまことに空想的、非現実的で、狂気としか思われませんが、それ以上に驚くことは松陰がこれが藩政府によって受け入れられるであろうと思ったことですし、受け入れるまで、藩政府を諫めて諫めて諫めぬき、それでも手に入らないときは死を覚悟していたにちがいありません。これが松陰の処世の原理であったことは、すでに説明したとおりです。

これが松陰に死罪の刑が科せられる理由となったものですが、『世に棲む日日』には、その経過で、いかに松陰が純粋であり、可憐にすぎるほど、人を信じる性格であったかが、如実に描かれているので、読んでみたいと思います。
まず、松陰を江戸に送るよう、幕府からの命令が届きます。司馬遼太郎は次のように記しています。

松陰という人物のかなしさは、この幕府の江戸檻送命令こそ、絶望的ないまの情勢下での唯一の希望であるとよろこんだことであった。
「自分はおそらく刑死するだろう。しかし死ぬ前に救国の方策についての所信をのべることができる」
と、いった。

事実、あまりに人を信じやすいために、そういう運命をたどるわけですが、『世に棲む日日』の先を読みます。

吟味役人は、訊問の呼吸を心得ている。七月九日の法廷にあっては、いよいよ訊問がすすみ、雲浜梅田源次郎にまつわる容疑もうすらぎ、おそらくこの程度なら軽罪であろうということが、白洲にひかえている同心にすら感ぜられたとき、縁の上の吟味役人は急に肩をおとし、ことばをやわらかにして、

「これは鞫問《きくもん》の限りではないが」

と、罪状吟味のほかのことである、とわざわざことわって、「そのほうの憂国の一念にはほとほと感心いたした。ひとつくわしくきかせてくれぬか」といった。

役人が、憂国の一念といったひとことに松陰はもう、相手を信用してしまうのである。

（一念が、奉行の心をすら動かした）

と、松陰はおもった。松陰はかねて「自分は英雄ではないから権謀術数の才能がない」と言い、かれ自身策略をきらう人物であったが、それにしてもこの場合その感覚がなさすぎた。であればこそ、かれは熱をこめてその志を語りはじめた。幕府のやり方を非難し、自分の考えをのべ、考えているだけでなくいままでの行動をのべた。吟味役人はそれをたくみに誘導してゆく。松陰は、誘導されているともしらず熱心にのべた。ついに、

「自分はかつて死罪にあたる大事を二つくわだてた。それらをみなここで自首してもよろしいのでござるが、他人に迷惑がおよぶかもしれぬことがはなはだこまるのでござる」

と、言いだした。吟味役人は内心狂喜したらしいが、いよいよ表情をやわらげて、

「べつにそれは大罪ではあるまい。懸念にもおよばぬことゆえ、きかせてほしい」

と、いった。

——奉行モ亦《また》人心アルカ。

と、松陰は自分の至誠が通じたことをよろこび、かれのいう「死罪にあたる二つ」のうち

の一つはまだよいとして、他のひとつである、

「御老中間部《まなべ》下総守さまを京に待ちぶせるという秘謀を企てしこと」

ということを言いはじめた。これは条約阻止のための最後手段として間部詮勝《あきかつ》の行列を白昼実力で阻《はば》もうと計画したことで、この計画には高杉や久坂のような若い者すらおどろき、村塾の門人はみな自重論を説き、松陰を諫止《かんし》した。このため松陰はかれらに怒り、

「僕は忠義をするつもり、諸友は功業をなすつもり」

という有名なことばを吐いて、ほとんどヒステリックになった時期のことである。このばあい忠義というのは「至純の思念と行動」という意味であり、功業とは「派手で功績が期待できるお手柄的な行為」という意味である。前記の革命人における種類わけでいえば、「忠義」は第一期人のことであり、「功業」は第三期のひとびとの役まわりを指している。

ただし、このことは謀議の段階でつぶれた。しかしながら幕吏は内心仰天するほどにおどろいた。三百年来、幕閣の老中が下々《しもじも》から襲われるというような不祥事はあったためしがない。

が、吟味役はいよいよなごやかになり、やがて程をみてもっとも重大な質問を発した。

「すると、そのほう、間部侯を道に待ちうけ、もしそのほうの論がきかれぬときは刃《やいば》を加えようとするつもりであったな」

と、いった。

こうきき直されたとき、松陰ははじめて、しまったとおもった。

「なにもそこまで考えておりませぬ」

といったが、しかし吟味役人にとっては言いわけなどどうでもよい。にわかにかたちをあらため、

「そのほうの憂国の志まことに見あげたものであるが、しかし間部侯は大公儀《おおこうぎ》（幕府）がもってこれを重んじている大官であり、その大官を刺さんとしたること、前代未聞の不敵さである。このことは十分覚悟あってしかるべきであろう」

袴を蹴って立ちあがり、それっきり吟味をうちきってしまった。


吉田松陰のいう、もうひとつの「大罪」については、『世に棲む日々』の中で司馬遼太郎が書いていません。これは、河上徹太郎『吉田松陰』中「左内と松陰㈢」で「松陰がこゝで最後の賭」をしたと評している計画です。松陰ははじめ公卿のうちでもっとも勤王家といわれた大原重徳を萩に迎えて何か事を起こそうとしたのでしたが、実現できませんでした。そこで伏見要駕案というのを企てた、といいます。「それは安政六年三月に藩主敬親が参観で江戸へ赴く途上、その駕を伏見に擁し京都へ立寄らせれば、大原等を動かして正義派の公卿とも会談が出来、勤王の諸士がそこに翕然《きゅうぜん》と集つて「大計が定まらう」といふのである」。「これは明らさまに幕府への謀反である。諸侯は参覲の途中入京することを禁じられてゐた。その朝廷との結託を恐れてゞあ

る」。河上徹太郎はこの「謀略の蹉跌は、松陰の悲劇の大詰である」と書いています。

＊

吉田松陰は長州藩の兵学師範の家柄であり、山鹿流は兵学の宗家ですから、山鹿素行を松陰が学び、影響を受けたことは当然です。素行に『武教全書』という著書があり、松陰はこの著書を講義したのですが、いまはその「序」をなす「武教小学」の部分しか残っていないそうです。この『武教小学』に松陰は、

コノ序ノ大主意ヲヨクヨク呑ミ込ミ給へ。コレニテ士道モ国体モソノ梗概ヲ得ベシ。先ヅ士道トイフハ、無礼無法、粗暴狂悖ノ偏武ニモアラズ、記誦詩章、浮華文柔ノ偏文ニテモ済マズ、真武真文ヲ学ビ、身ヲ修メ心ヲ正シウシテ、国ヲ治メ、天下ヲ平カニスルコト、コレ士道ナリ。

と書いているそうです。河上徹太郎は「こゝに個人道徳として粗暴と文弱を戒める松陰の士道から、政治道徳として武士階級の使命と自覚が割り出される」といい、次いで

国体トイフハ、神州ハ神州ノ体アリ、異国ハ異国ノ体アリ、異国ノ書ヲ読メバトカク異国ノ事ノミヨシト思ヒ、ワガ国ヲバ却ツテ賤シミテ、異国ヲ羨ム様ニナリユクコト学者ノ通患ニテ、コレ神州ノ体ハ異国ノ体ト異ル訳ヲ知ラヌ故ナリ。

という言葉を引いて「これを単に勤王武士のお題目として読み過さないで貰ひたい。元来素行は、わが国では儒教渡来以前、即ち周孔の道を知らずして、「聖学」は既に備はつてゐたと信じた人である。だからこの国体論は彼の哲学的信条であつて、例へば朱子学を去つて「古学」に返る素行の儒教哲学も暗示されるのである」と書いています。さらに河上徹太郎は「松陰が素行に惹かれるのは、その「思想」や「哲学」よりも、正しくさういつた武士道的実践主義である」ともいっています。山鹿素行はこの実践主義を、

尭舜ノ時代ノ儀、末代ノマナビガタキ所也。コレヲカタバカリ似セ候テモ、ソノシルシコレナキ儀ナリ。コレニヨツテカクノ如ク心得候学者ハ、ソノ志ス所高尚ニシテ、終ニ世ヲ背ニ、山林ニ入リ、鳥獣ヲ友ト仕リ候事ニ候。又書物ヲ好ミ、詩文著述ヲ事トイタス者、学ノ慰ニテ日用ノ事ニアラズ。但シ文章モ学ノ余分ナレバ、コレヲ嫌ニハアラズ、余力ノ暇ニハ詩歌文章モコレヲ棄ツベカラザルナリ。

ときめつけており、「この実践主義に松陰は同調するのである」と言っています。この素行は『聖教要録』という書物を刊行して赤穂に流罪になりますが、呼び出されて詮議をうけたさいに、「辞世の一句」のつもりで書いた文章に「ワガ言ノ大道疑ヒナク、天下コレヲ弁ズルコトナシ。ソレワレヲ罪スル者ハ、周公孔子ノ道ヲ罪スルナリ。ワレハ罪スベクシテ道ハ罪スベカラズ」と書いていたといいます。

こうした山鹿素行の思想が松陰に影響を与えたことも疑問の余地がないでしょう。これも空想的、非現実的で、狂気としか思われないような行動に松陰を駆り立てた思想の形成に関連していたと思われます。

山鹿素行はいわば松陰が家学としての兵学を学ぶ素養となったものですが、一八五八年（安政五年）半ば以降に松陰が急激に過激化した時期に惹かれたものとして李卓吾の著書があったようです。『世に棲む日日』には一八五九年（安政六年）一月二十七日、門人に書きあたえた手紙を意訳して「とくにちかごろ李卓吾《りたくご》の著書をよんで、言々《げんげん》、心にあたる」と書いたことを説明して、司馬遼太郎は「李卓吾というのは、明の世宗（日本の戦国期）のころの官吏、思想家で、その思想および生き方は狂人かといわれたほどに純度が高く、ついにはそのあまりの純粋主義のために世間と思想界から嫌われ、弾劾《だんがい》され、ついにはみずから首を刎《は》ねて死んだ。読んで「言々、心にあたる」という松陰の表現は、要するに松陰の気質がもとめている思想である、という実感をいう」と注釈を加えています。

河上徹太郎は『吉田松陰』の中に「李卓吾への傾倒」と題する一章を設けて、これを論じています。河上徹太郎は広瀬豊『吉田松陰の研究』、島田虔次『朱子学と陽明学』によって、書いているとのことですが、松陰の李卓吾への「心酔が明言されるのは、安政六年正月二十三日附、「士毅（松陰の妹婿）ニ与フ」という一書である」、といいます。河上徹太郎は「正月二十三日という日附けは重要である。その頃松陰の思想謀略はますます過激になり、ために久坂玄瑞や高杉晋作すらもて余して慎重論になり、やがて絶交を申し渡されるのだが、とにかくこの頃松陰自身しきりに死を想ふて、翌日二十四日には絶食の挙に出で、翌二十五日両親や叔父の諫止《かんし》に遇つてやめるといふことのあつたその前日なのである」と書いています。ところで、この正月二十三日という日附けは司馬遼太郎の一月二十七日という日附けと齟齬があり、また、二十三日附けの手紙を弟子宛の手紙とみられるのか、疑問がありますが、内容からみれば、河上徹太郎が引用している手紙に間違いないと思います。これには次の記述がある、ということです。

卓吾居士ハ一世ノ奇男子ニシテ、ソノ言往々僕ノ心ニ当リ、反復甚ダ喜ブ。ソノ中ニイヘルアリ。「今人《キンジン》竹ヲ愛スルモ、竹モトヨリ今人ヲ愛セズ」ト。又イハク、「家ヲ出デテ復《マ》タ家ヲ顧《オモ》フハ、必ズシモ家ヲ出デザルナリ」ト。読ミ去リテ独リ笑フ。僕己に獄ニ入リ、ナホ外事ヲイフ。コレ家ヲ出デテ家ヲ顧フニ非ズヤ。人マサニワガ言ヲ厭フモ、ワガ言ハ止マズ。コレ人竹ヲ愛スルモ竹人ヲ厭フニ非ズヤ。然レドモ他人ハ即チ然リ、老台僕ヲ知ルコト深ク、僕ヲ愛スルコト厚シ、故ニナホ呶々スルコトカクノ如シ。

河上徹太郎は次のように解説しています。

この手紙は、一読よく松陰の傾倒した気持をいひ現してゐる。「竹」とはこれら諸友をさすのだらうが、勿論彼等が彼を愛さなかつた訳がない。然しこの日、入江杉蔵に宛て、「諸友コモゴモ吾レヲ棄ツ、吾レ生キテ楽シムベキモノナシ」と書き、作間忠三郎宛に「奸吏ハ奸ヲ楽《ヨロコ》ビ、俗子ハ俗ニ安ンズ。ワレニ於テ何カアラン。ワレ独リワガ志ヲ行ヒ必ズシモ人ニ語ラズ。」の語が見える。卓吾の狷介と難に死する覚悟が、本質は松陰とまるで違ふのに、心境的に親近を覚える日々なのであり、この親近さが松陰の態度を一貫してゐるのである。

又卓吾が「家ヲ出デテ」といふ時、彼は家族をおき去りにし、賢夫人の苦しい生計に任せておきながら、自らは放浪、或ひは寺に籠つて思索生活にはいつたことなのだが、松陰の「家」はすなはち彼の尊攘の志であり、獄にあつても一生これを捨てなかつた。つまり「外事ヲイヒ」続けてゐた。「読ミ去リテ独リ笑フ」松陰の笑は、この時わが意を得たやうな苦笑である。彼には時々こんな他人眼にはユーモラスなアイロニイがある。

このような河上徹太郎の解説を聞くと、吉田松陰の李卓吾に対する傾倒、心酔がどういうものであったか、よく理解できると思うのです。

＊

このように吉田松陰に関する限り、人物像の造型については司馬遼太郎の『世に棲む日日』が読者の心を捉えるのですが、何故、松陰がそのように行動したか、という彼の思想は河上徹太郎の著書が読者に教えてくれるところが多い。両著はそういう関係にある、と私は考えています。

『菜の花の沖』とピョートル・リコルド『艦長リコルドの手記』

岩波文庫のゴロヴニン著・井上満訳『日本幽囚記』上中下三巻には、その付録として下巻に「艦長リコルドの手記」が収められています。『菜の花の沖』をこの手記（以下「リコルドの手記」といいます）と引き比べて読んでみたいと思います。

＊

『菜の花の沖』は国籍、民族、言語、風俗、習慣などの違いを超えた人間の間の信頼と友情の物語であり、国際的な交渉の基盤となるものも、また、そうした人間と人間との間の信頼関係であることを教えてくれる作品です。作者自身が、ゴローニン（以下は『菜の花の沖』の表記によることとします）を幽囚から救助した、高田屋嘉兵衛とリコルドとの篤い友情の交歓の物語によって、国際関係、国際交渉の真にあるべきかたちを学んだのではないかとさえ、私は考えています。

高田屋嘉兵衛が艦長リコルドの指揮するロシア海軍の軍艦ディアナ号に国後島で拉致され、嘉兵衛が帰国してはじめて、ゴローニンが幽囚を解かれることとなり、リコルドと共にディアナ号に乗船して函館港を出航するまでの物語は、六巻の文庫本の第六巻を占めるだけです。文庫本の第五巻の「ロシア事情」「続・ロシア事情」「レザノフ記」「カラフト記」「暴走記」「ゴローニン」などの章はすべてゴローニン捕囚の前提となる事実の記述ですから、これらを含めて考えるべきかもしれません。

それでも、この小説のほぼ三分の二は嘉兵衛の拉致以前の記述に費やされているのです。ただ、ゴローニン釈放にさいして嘉兵衛はほとんど魔術師的な役割を果たしましたが、これは彼の手腕、才能の問題というよりも、おそらく、彼の人格の問題であると思います。その人格とは、彼とリコルドとの間の信頼と友情に認められるような彼の人格、幕藩体制下の、高橋三平を初めとする幕府の役職にあった識者から彼に寄せられた信頼にみられるような彼の人格、同業者あるいは彼の事業に関係した商人、配下の水夫たちなどが彼に抱いていた敬意や思慕などにも認められるような彼の人格、それらの全体としての彼の人格であったように思うのです。

その人格がどのように形成されたかを記述するために、この小説のほぼ三分の二が費やされているのだと考えます。

『菜の花の沖』の巻末直前の「箱館好日」の章は次のとおり結ばれています。

やがてディアナ号は湾口に出たとき、風の中で鳴るようにして帆を展《ひら》いた。そのとき、リコルド以下すべての乗組員が甲板上に整列し、曳綱を解いて離れてゆく嘉兵衛にむかい、

　ウラァ、タイショウ

と、三度、叫んだ。嘉兵衛は不覚にも顔中が涙でくしゃくしゃになった。一閑張《いっかんばり》の遠めがねを高くあげ、足もとをよろめかせながら、

　ウラァ、ぢあな

と、何度もわめいた。やがてディアナ号は、水平線のかなたに没した。

　最終章「晩霞」の末尾にも、臨終にさいし、嘉兵衛がまわりの者に「ドウカ、タノム。ミンナデ、タイショウ、ウラァと喚《おら》んでくれ」、と小さな声でいった、とあります。

　これはどちらかといえば作者の虚構ではないか、と私は疑っていました。ところが、「リコルドの手記」には次のとおりの記述があるのです。（岩波文庫版の「艦長リコルドの手記」を含む『日本幽囚記』はすべて歴史的仮名遣いで表記されていますが、現代仮名遣いに訂正して引用します。）

　湾口では別れに臨んで、乗組員は「ウラー！」を唱えた。それから宏量で開けた高田屋嘉兵衛に対して、感謝と敬意を表するため、全乗組員は殊のほか力を入れて、「大将、ウラー！」を三唱した。熱心なわが友嘉兵衛は、手下の水夫たちを従え、乗って来た艀の一番高

い所に立って、大空に向って手を突き上げながら、力一杯に「ウラー！　ディアナ！」と叫ぶのであった。これはわれわれの事件の目出たき完結に対する大きな喜びと、訣別の悲み《ママ》をまざまざと示すものであった。

『菜の花の沖』の叙述は、リコルドの文章と比べてはるかに簡潔ですが、人間味にあふれ、迫力があります。それはともかくとして、司馬遼太郎が「リコルドの手記」にもとづいて、この感動的な場面を描いたことは間違いありませんが、私が感動するのは、リコルドの指図があったとはみえないのに、乗組員全員が自発的に「大将、ウラー！」を三唱したという事実です。

『菜の花の沖』の記述にみられるとおり、ディアナ号で嘉兵衛とリコルドは居室を共にしていたのですから、彼らの友情とリコルドの嘉兵衛への感謝からリコルドが「大将、ウラー！」と叫ぶのは理解できます。しかし、乗組員一同がこれを三唱したということは、乗組員一同が嘉兵衛の人格に魅了され、心酔していたからとしか、思われません。それほどに乗組員の心にも嘉兵衛の人格が浸透していたとは信じがたいことです。これが虚構ではないかと私が疑った所以なのですが、彼はそれほどに偉大な人格の持主であったようです。

そう考えると、どのようにしてこうした人格が形成されたかにほぼ小説の三分の二を充てることは当然だともいえるでしょう。

＊

『菜の花の沖』の最大の山場は、嘉兵衛らの帰途、ディアナ号が国後島泊港に到着し、嘉兵衛が上陸するまでの経緯、ことに嘉兵衛とリコルドとの間に交わされる話し合い、掛け合いでしょう。

まず、金蔵、平蔵の二人が上陸するまでの経緯がこの山場における二人の間の話し合いにおける最初の衝突です。『菜の花の沖』の「泊村の海」の章の記述をみることにします。

いまから金蔵と平蔵を艦からおろして泊の陣屋へやるという嘉兵衛の案については、リコルドは異存なかった。

「しかし」

と、リコルドがそのことに条件をつけたことが、嘉兵衛を激怒させるはめになった。リコルドは、金蔵と平蔵のうち一人をあす艦に返してくれ、といったのである。

「まだ、そんなことをいうか」

嘉兵衛が怒声を発し、右足で丁《ちょう》と甲板を踏んだ。このあたり外交上の演出が入っていなくもない。が、嘉兵衛は、ここが正念場だと思っていた。

金蔵も平蔵も、日本人なのである。かれらが泊村の日本の役所へゆくのに、ロシア人たる者がなぜ拘束せねばならないか。一人だけあす帰艦せよとはなにごとか。
（いこるつは、なにもわかっていないのだ）

嘉兵衛は、歯がゆくもあった。リコルドは、嘉兵衛の怒りを見てあっけにとられているばかりで、しきりにくびを振っている。

リコルドにすれば、

――一人は、あす艦にかえれ。

というのは、艦長として当然の申しようだとおもっている。しかしながら、嘉兵衛の側からいえば、リコルドをふくめてロシア人たちは、日本国の主権を無視し、暴力でつかまえた嘉兵衛ら捕虜というものを、気持のどこかで鳥かけもののようにおもっているふしがあった。

「金蔵らは日本の主権のなかに帰ってゆくのだ。何が文句があるか」
と、もし嘉兵衛が、後世の言葉をつかえるとしたら、そのようにどなったであろう。

司馬遼太郎は、こう書いた上で、「高田屋嘉兵衛遭厄自記」（以下「自記」といいます）に記載されている、嘉兵衛がリコルドに対して言った拒絶のことばを現代語に訳して次のとおり示しています。

その儀は、わしはとくと心得ぬ。陸《おか》の日本国の御陣屋には、日本国の御役人が多数詰めておられる。金蔵にしろ平蔵にしろ、そのうちの一人を艦《ふね》にかえせ、というようなことを、ロシアの捕虜たるわしが、御役人衆に指図《さしず》はできぬ。たとえそのように陸の御役人衆に頼んだところで、決めるのは御役人衆のほうである。わしがここで、あなたに「一人を返す」とうけおったところで、御役人衆は返さぬかもしれぬ。とすれば、わしはあなたをだます結果になる。ともかくも、金蔵・平蔵をわが手から放った上は、もはやわが構《かま》え（拘束下）の人ではなくなり、御役人衆まかせになってしまうのだ。

リコルドは嘉兵衛をはじめとする三人をあくまで捕虜として考え、彼らとゴローニン以下の日本側の捕虜になっている人々とを交換するという発想に固執していたようです。そのためには、二人を上陸させて泊村の幕府の陣屋に行かせるのはいいとしても、せめて少なくともその一人は、ゴローニンらが生きているのかどうか、日本側はどういう方針なのか、を知らせるために報告に戻ってくるべきだ、と考えていた。これに反し、嘉兵衛はまず配下の二人を上陸させ、あとは日本の主権の判断に任せるよりほかはないではないか、と考えていたのです。

それでは、リコルド自身は「リコルドの手記」にどう書いているか、を読んでみることにします。

両日本人を陸岸に送るべきボートの準備が出来ると、二人は私の艦室に入って来て、釈放の礼を述べ、かつ自分の船長から国後島の総大将に届くべきいろいろの命令を受けた。

その時、私は高田屋嘉兵衛に云った。

「お前の手下の水夫たちを陸岸に送るに当って、僕としては二人がお前の手紙に対する国後島の隊長の返事を持って来て、ロシヤの捕虜たち全部の身の上について真相を知らせてくれるものと期待しているんだよ」そして「どうだね、お前は二人の水夫が帰艦すると保証してくれるかね」とたずねた。

「いいや、請合えない！」

「どうして請合えないのだ？　まさかお前は自分の国の法律を知らないぢゃあるまい」

と私はたずねた。

「それは知っているには知っているけれども、一から十まで知っている訳ぢゃないんだよ」

そう云う訳ならと私は嘉兵衛の水夫たちに云った。「俺の名儀で国後島の隊長にこう伝えてくれ。いいか、もしも隊長がお前たちを陸岸に留置して、こちらの捕虜たちの運命について何一つ知らせて寄こさなければ、俺としては已むなく先方の態度を敵対行動と認め、お前たちの船長をオホーツクに拉致せねばならなくなる。そして今年中にオホーツクから数隻の軍艦を当地に送り、武力をもって捕虜の釈放を要求することになるのだ。その回答を待つ期限はただの三日間に限ることにすると、そう隊長に伝えてくれ」

じつに高圧的で傲慢な発言です。リコルドといえども、やはり東洋の後進国に対する外交交渉は武力を背景とした威圧的な強請によるのが当然なのだと理解していたようです。このリコルドの発言に対する嘉兵衛の反応を「リコルドの手記」は次のとおり記しています。

この言葉を聞くと高田屋嘉兵衛はさっと顔色を変えたけれども、かなり物静かな調子で、云い出した。

「皇帝の艦長さん！（大事な話になると、嘉兵衛はきっと私のことをこんな風に勿体づけて呼ぶのであった）大分熱をあげて話をしていなさるが、わしの水主どもに云つけなさったその伝言は中身は沢山だけれども、わしらの掟から見ると、僅かなものだよ。あんたはわしをオホーツクに連れて行くなどと脅かしても無駄だよ。国後の大将がうちの水主を二人陸岸に留める気になったら、二人はおろか、二千人の水主をやっても、わし一人の代りにはなりはしないよ。序に前もって断って置くけれども、わしはおめおめとオホーツク下《くんだ》りまでお前さんに引かれて行きはしないよ。しかしその話はまた後でするとして、お前さんがうちの水主どもをそんな条件附で上陸させることにしたのは本気かどうか、まずそれを聞かして貰おうじゃないか」

「さうだ！　本気だ」と私は云った。

こうしたリコルドの本音からみると、嘉兵衛の構想とはまったく違うことがはっきりします。『菜の花の沖』の作者は

嘉兵衛は、リコルドの理解しがたいことであったが、ここで死を決したのである。いざというとき斬り死にするとなれば両人は邪魔になる。陸《おか》へ返す理由の第一は、それであった。

と書き、こう続けています。

以後、リコルドからみると、嘉兵衛がとりつづけた言動のすべてが、異様としかおもえない。

嘉兵衛もまた、かれなりに、

(いこるつは、あと、紙一重がわからない)

と、腹をたてている。

むろんこの正念場にきて、嘉兵衛は感情だけで動いているのではなかった。リコルドにわからせようとしていた。

紙一重のちがいを、であった。

もしこのまま、紙一重を放置すれば、交渉がすすむにつれて両者の懸隔《けんかく》はとほうもなく大きくなり、結局は、破綻《はたん》することになるだろう。破綻すれば、ゴローニンも救われないばかりか、日露の間は戦争になってしまう。

紙一重とは、嘉兵衛の交渉権の確立であった。嘉兵衛は、リコルドに使われている交渉人ではないことを、死を賭してでもかれにわからせねばならない。

嘉兵衛とリコルドの構想の違いは「紙一重」などというものではありません。リコルドにとって嘉兵衛はゴローニンらと交換するための「人質」なのです。一方、嘉兵衛はロシアの虜囚として帰国するわけではない、日本の主権を代表してロシアに自発的に渡ったのだ、という立場をリコルドに対して確立するつもりだったのです。ですから、二人の構想には「紙一重」どころか、到底超えることはできないのではないかと思われるほどの距離の溝があるのです。嘉兵衛は死を賭してリコルドを説得しようとしたようにみえます。

＊

『菜の花の沖』では、「嘉兵衛は、ひとあしさきに上陸させる金蔵と平蔵を自室（艦長室）によびこむと、まず脇差を抜き放ち、自分の髻《もとどり》を切りとった。髪が束《たば》ねをうしない、両肩に散って大童《おおわらわ》になった。両人は、声を呑んだ」とあります。続いて、「かれは塗りの手箱の底に肖像画を入れ、この上に髻を置いた。遺髪のつもりでいる」とあり、嘉兵衛は「これを、おふさにわたしてくれ」と、ふたりの前に押しやった、とあります。おふさは嘉兵衛の妻です。

その上で、『菜の花の沖』の最大の山場である、嘉兵衛のリコルドとの掛け合いが始まるのです。地の文章を省いて引用すると、この小説によれば、

「クナシリの長官への書状は、書いて両人にわたしたか」

「左様なものは、書きもせず、従ってわたしもせぬ」

「ではなぜふたりの者を陸《おか》へ遣《や》ったか」

「金蔵・平蔵は、日本人である。ここは、日本ではないか。あなたから金蔵・平蔵について、なぜ、ということをきかれる筋合はない。いまあきらかに申そう。私は、あの二人をたすけるために陸《おか》へやったのだ。それだけだ」

「なにをいうのだ」、「お前がそういう料簡であれば、日本と戦さをする」

「いかにも戦さされよ、わしはよろこんで見物する」

「タイショウ！」「さすれば、タイショウを又々オホーツクへ連れてゆくぞ」

といった問答がかわされます。この問答の間に、作者は「嘉兵衛は、挑発するつもりでいる。リコルドを怒らせないかぎり、ふたりのあいだにある最後の一皮を剝ぎとることができないのである」と注釈しています。その後、しばらく二人は中断して休んで眠った後、再度話し合います。

嘉兵衛はこの場合、言うべきことをすべて言おうとした。リコルドも、嘉兵衛の見幕《けんまく》の尋常《ただ》ならなさがわかっているだけに、聴く姿勢をとっている。

「あなたは、私をおどした。戦さをするとか、この私をおほつかに連れてゆくとか、まことに心中狂っているようだ」

と、嘉兵衛は言い、

「しかし、私はおどしには乗らぬ」

というなり、頭巾をとりはらった。月代《さかやき》のまわりの髪が、ばらりと垂れた。日本風俗になじまぬリコルドの目にも異常に見え、かつは嘉兵衛のこの髻切りが、なにやら不吉な行為であるということもわかった。その証拠に、身をのけぞらして、

「なんと早まったことを。――」

と叫んだのである。

嘉兵衛は池の水のように静まって、

「ちがう。これは覚悟の上のことだ。私は去年の八月十四日にこの地であなたに捕えられた」

――わかるか、と嘉兵衛は、ひと区切りごとに念を入れた。

「そのときに、斬り死にするつもりであった。しかしながら、あなたの兵がおおぜい飛びか

かってきて不覚にも生捕りにされ、かむさすかへつれてゆかれるはめになった。――わかるか」

「わかる」

と、リコルドもうなずいた。この間、オリーカ少年もやってきているし、嘉兵衛の大声をきいて、他の乗組員も艦長室に入りこんできている。

「ところが、あなたはまたまた私をおほつかへ連れてゆくとおどした。いいか、よくきけ。嘉兵衛ともあろう者が命惜しさのあまりおめおめとおほつかへ連れ去られたとあっては、日本中の物笑いになる」

このあたりで、嘉兵衛は冷静さをうしなった。あるいはそのように見せたのか。

「わしは、むざむざとおほつかへ連れてゆかれはせぬぞ」

嘉兵衛の声が高くなるにつれて、リコルドはなだめるような姿勢になり、

「タイショウ、まだ腹を立てているのか」

と、無理に微笑をつくろうとした。

「おお、腹を立てておるわい。さらには、ロシア人に脅《おど》されるがごとき恥辱に遭《お》うた以上は、おめおめと国人《くにびと》に顔は合わせられぬ」

オリーカ少年も、真っ青になっていたが、嘉兵衛のことばを、かれなりに懸命に通訳した。

「この上は、わしはこの艦《ふね》で斬り死にじゃ。七十二人を相手に斬って斬って斬りまくり、そ

のあとは腹を」

と、下腹に触れ、

「切るわ。――」

「高田屋嘉兵衛《タカダイ・カヒ》、ゆるされよ」

リコルドは、ともかくも嘉兵衛を鎮静させようとして、嘉兵衛の掌《て》の甲の上に自分の掌をかさねた。

「私は、あなたがいった日本のことわざが好きだ。窮鳥懐ろに入れば猟師もこれを殺さない、と。ともかくも七十二人がタイショウ一人と戦うというのは、ロシア国の大恥辱である。あなたが窮鳥でなくて、私こそ窮鳥なのだ．私の立場に同情してほしい」

が、嘉兵衛は勢いをゆるめず、

「されば、七十二人と戦うということはやめるが、わしとしては名誉を守らねばならぬ。あなたがこの艦《ふね》の大将である以上、あなたと一騎打《いっきうち》しよう」

ぎらりと脇差を抜いた。

この後、嘉兵衛の「自記」では、嘉兵衛が「肩先にても恨みをはらさせ呉《くれ》よ」と「恨み」ということばが使われている、と作者は書き、「この場合の「恨みをはらす」は、自分に加えられた侮辱に対して名誉を回復したいということであろう」と付記しています。その上で、かねて蓄えていた、一袋の焔硝《えんしょう》と紙にくるんだ目つぶしのための灰を示して、嘉兵衛は、「これらは、かいさすかで用意した。いざというときは、金蔵・平蔵をひきい、主従三人にておのおのがたに目つぶしを食らわせ、二、三十ほども斬り殺し、あとは焔硝にて船に火を掛け、焼き沈めるつもりであった」と語ります。

ここで、司馬遼太郎は「嘉兵衛がそういうのをきいて、リコルドはあごをゆるめてあきれてしまった。これについてのリコルドの「手記」は、以下のようである」と記して、次の文章を引用しています。

これはヨーロッパ人からみて、何と驚くべき名誉観であろう！　日本人はそれを最大の壮烈と考え、そうした英雄の名誉は拡《ひろ》まり、遺族は尊敬を受けるのである。従ってこれに反する時には、家族は所構《ところがま》いになるのである。私と同じ部屋に起居し、私から本当の友と思われ、安んじて一緒に寝ていた人間が、こんなおそろしい考えを持っていたのだ！

さらに、司馬遼太郎はリコルドの感想を「リコルドの手記」から引用します。

私の目には、嘉兵衛《カヒ》がまったく得難い人物だと映った。かれの度量の大きさが現われるにつれて、彼に対する私の尊敬はいよいよ高まった。

この後、嘉兵衛は、諸肌ぬぎになり、マストにのぼり、物見台に立ち、脇差の抜身をぶらさげながら、「この艦《ふね》を焼打ちしたりすれば、両国のあいだに戦さがおこり、民百姓《たみひゃくしょう》のわずらいになる。されば、いこるつよ、お前の身に傷をつけよう」と叫び、「肩先を、ほんのわずかで」よいから傷つけさせてくれ、そうすれば、高田屋嘉兵衛の名誉は救われるので、「そのかわり、わしはここで腹を切って果てる」と訴えるのです。嘉兵衛は死ぬが、リコルドはかすり傷を負うだけだから、命に別状はない、というわけです。嘉兵衛は「いこるつ、ここまで来よ。この物見台にて、余人を交えず、一騎打せん」、と呼びかけます。「嘉兵衛の声は、ほとんど泣訴しているにひとしい」と作者は書き、嘉兵衛の「自記」の一部を引用した上で、

リコルドは閉口しきった。

かれは、嘉兵衛が可愛がっているオリーカ少年をのぼらせ、

「艦長は、とにかく下におりてもらいたい、その上で相談しよう、といっています」

といわせたが、嘉兵衛はきかず、このためオリーカ少年は何度ものぼったりおりたりせねばならなかった。

最後に嘉兵衛は、

「私を陸《おか》へ上げよ」

と要求した。自由にせよ、ということである。さらにかみくだくと、自発的に上陸し、かれ自身の構想のまま日本の役人と話しあい、ロシア側も全面的にそれに従え、ということであった。

「嘉兵衛の外交構想にあっては、「人質」という属性は取っ払われねばならない。日本政府が、どうしてロシア国の人質の言うことをきくであろうか」とも注釈しています。こうして、リコルドは、不安を感じながらも、嘉兵衛を自由に上陸させる決心をするにいたるのです。

そこで、すこし長くなりますが、『菜の花の沖』の記述と比べてみるために「リコルドの手記」の記述を引用します。

この水夫たちと別れる時にわが日本の隊長の行った儀式と、「おめおめとオホーツク下りまでお前さんに引かれて行きはしないよ」という口幅ったい彼の言葉は、大いに私を面喰わせた。日本の水夫たちの帰艦は全然見込がないと私は思った。私は人質として、敵意に燃ゆる日本の船長を抑留することは出来るが、彼の不敵な文句の実行を防ぐことは私には出来なかった。私は永いこと、嘉兵衛を上陸させる決心がつかなかった。それはわが同胞を救う望みをすっかり失うことを意味するからであった。しかしあらゆる事情を考えて、私は（捕われた同胞たちのためにこそ最後の手段を選ばねばならない）と覚った。なお、陸岸に放った日本の船長が帰って来なければ、私は自ら日本部落へ乗り込んで行く心算であった。多少日本語も判るので、私は苦もなく何でも話をつけることが出来るだろう。また捕われたわが同胞たちが生きていても、そのため一同の身の上には何の障りもないし、かりに全員が殺害されたとしたら、もう百年目で、私のこの苦悩もそれまでのことだ。私はこの考えを副長に申渡した。これは私がまだ未済のままにしていた或種の事務を済ませて貰うという職務上の利益から、予め云いつけて置く必要があったのだ。

この考えがきまると、私は日本の船長に向って、

「おれは万事をお前の腹中に置いているから、お前はいつでも都合のよい時に、上陸してもいいんだよ」と云って、「お前が帰らなければ、おれの生命はないんだ」と附加へた。

「判るよ！」と嘉兵衛は答えた。「お前さんは捕われたロシヤ人の身の上について書面の証しがなくてはオホーツクに帰れないし、わしも生命にかけても、自分の面に泥をぬる訳には行かないんだ。そんなに信用して貰ったのは有りがたいけれども、わしは前から水主どもと同じ日のうちに上陸する気はなかったんだよ。そんなことをしたら、わしどもの掟から云って、面汚しだよ。だから差支なかったら、明日の朝、早目にわしを陸岸へ送るように云いつけて貰いたいんだが」

「云いつける迄もないんだ！」というのが私の返事であった。「おれが自分で送って行くんだから」

「そう云う訳なら」と嘉兵衛は大喜びで云った、「わしらはまた仲直りだ！　それじゃ一つわしの姿絵と太刀を陸に届けた訳を話して聞かせよう。しかしその前に、この三百日来いつも親友として何でもお互に打ち開けて来たあのかけ距てのない態度で、ざっくばらんに白状するが、わしの水主どもに云いつけて国後島の隊長に届けさせたお前さんのあの口上は、わしから見ると面目玉を踏みつぶされたようなものだよ。この夏中に軍艦を何艘も引き連れて茲にやって来ると云うお前さんの脅し文句は別にわしの身には関わりがないけれども、お前さんがわしをオホーツクに引いて行くと云い切った時には、わしはお前さんから五郎次同様の嘘つきだと疑われたと気がついたのだ。正直なところ、こんなわしの面目を踏みつぶす言葉がお前さんの口から出たとは信じきれなかったんだよ。わしから見れば呆れた話だが、この三百日の間、わしは気が短いものだから、訳もない事で何度も腹を立てたけれども、お前さんは一度も私に怒ったことがなかったんだ。ところがそのお前さんが、今日のこの大事の瀬戸際で分別もなく怒って終って、ちょっとの間にわしを悪者にして、自殺させる所だったんだよ。日本人の面目から見ると、わし位の人間になると、お前さんが申渡したように、捕虜となって外国へ行く訳には行かないんだ。カムチャツカにはわしは承知の上で行ったんだ。これはロシヤの軍艦から武装ボートを出してわしの船を乗取った理由を国後島に手紙で知らせてやったから、日本政府にはよく判っているんだよ。自分の意志に反してお前さんに捕えられたのは水主どもだけなんだ。お前さんは人並すぐれた力があるので、わしはずっとお前さんに身を委せていたけれども、自分の生命だけは何時でも自分の好きなように始末することが出来たんだ。さてこの話は済んだから、こんどはわしの腹の底を話して聞かすよ。お前さんが止めても止らぬ方針を立てたと思った時、わしは断然自殺する決心をしたのだ。その証拠にわしは自分の髪の毛を切って、あの姿絵の函に入れて置いたんだよ。これは日本の習慣では、髪の毛を届けた者は自分の名誉を保つために死んだ、つまり割腹したという意味なんだ。だからこの遺髪に対しては、本当な遺骸と同じような葬式をすることになっているのだ。もうお前さんと仲直りしたので何もかくす事はないが、さっき怒った時にはお前さんと副長を殺し、全乗組員にそれを云い聞かせて思いを霽らす心算だったよ！」

この文章に「これはヨーロッパ人として、何と驚くべき名誉観であろう！」という驚嘆の表現が続くのです。

お気づきのとおり、この「手記」では、嘉兵衛が、この艦《ふね》で斬り死にするつもりだ。七十二人を相手に斬って斬って斬りまくり、そのあとは腹を切る、云々という記述はみられません。また、リコルドと一騎打ちしよう、とか、お前にすこし傷をつけさえすれば、自分は腹を切る、といった、泣訴にちかい懇願も記述されていません。

また、嘉兵衛が守ろうとした名誉とは、嘘つき、と思われた侮辱から守ろうとした名誉なのか、捕虜としてオホーツクへ連れて行かれることにより失われる面目、名誉なのか、はっきりしませんが、たぶん、捕虜になるくらいであれば、自ら死を選んで、名誉を守る、ということなのでしょう。かつて、いわゆる十五年戦争にさいして、「戦陣訓」というものが作られ、「生きて虜囚の辱めを受けることなかれ」という言葉が国民のあいだにひろく流布されました。そのために、捕虜になることを恥じて、死んだ兵士も多かったと聞いています。嘉兵衛の考えもほぼこれと同じ趣旨だったのではないでしょうか。

そこで、今度は嘉兵衛の「高田屋嘉兵衛遭厄自記」を参照することにいたします。司馬遼太郎はこの「自記」から、原文を引用し、ときには現代語訳で引用していますから、原文を入手していたに違いありません。嘉兵衛自身が幕府に陳情のために提出した、この「自記」の写本が残っているそうですが、私は原文の写本もその写しも見ていません。ただ、私が持っている原喜寛著『高田屋嘉兵衛と北方領土』には嘉兵衛の「自記」の現代語訳が収められています。私の考察の範囲では必ずしも原文でなければならないということはありませんので、原喜寛の著書の現代語訳から引用することにします。嘉兵衛とリコルドの二人が話し合いを中断して休んで眠った後、再度の話し合いの記述はリコルドの言葉から始まります。

「先刻申し向けたことで、甚だしく腹を立てられたのか」と申したので、

「いかにも腹が立ったけれども、少し眠って目が覚めたので、腹立ちも納まって、大いに快くなりました。」

彼も手を打って、「私も腹を立てたけれども、寝《ママ》りが覚めたので、元の通りになりました。」

と、お茶を二、三杯飲み終わって、嘉兵衛は言った。

「あなたは、我を船に留めておいて、軍をいたしたいと、なおまた、ヲホッカへも連れていくようにとも、申し出て、大いに心中を犯したように見うけられたけれども、拙者は、ヲホッカへ参っても苦しくはなく、また当地において軍をいたされたならば、拝見いたしたく、我も覚悟をいたしておる」

と冠っていた頭巾を取り捨てて見せれば、船長は、大いに驚き、

「気の短い人かな」

と申すので、

「私の髻を切ったのを見て、短慮な者と申すことは、全くそのようなことではなく、昨年八月十四日、当処において切り死にもいたすべきところ、我々の船中の乗組の大勢の命に係わることゆえ、空しくカムシャツカまで行き、今日当地へ帰国いたしたけれども、私は上陸も叶わず、またまた、ヲホッカまでも連行されれば、我が国の人には、大いに笑われ、嘉兵衛も命が惜しいので、またまた、魯西亜へ往った如く、国の人に思われても心外の沙汰ゆえ、覚悟をきめ、この通り髻を切り払って、親族、妻子への土産にいたす次第、斯く思いきわめたからは、あなたへ頼みの筋もあるので、篤と聞いてくれ」と、彼の傍に立ち寄って、「我

は今空しく命を捨てるにつき、乗組七十二人を相手にいたし、その後に、切腹をいたすつもりなり」と申し聞かせたが、

「その儀はお許し下さい。あなた一人と七十二人、戦いいたすことは、我が国の大恥辱であり、先刻はケラムイで、猟師も窮鳥を取らざるの一言大いに感心いたしており、我が側とても同様に心得るについて、何分この儀をお許しくださるようお願い申す」と大いに詫び入るので、

「しからば、右の儀は止めて、あなた一人と勝負を決す儀は、いかがであるか」と詰め寄れば、

「それも真平お許し下さい」と申すので、

「しからば、少し肩先にでも恨みを晴らさせてくれ」

と、脇差の棒を突き付けて詰め寄れば、他の人々が、飛び込んで、双方へ引き分け、まず暫く、差し控えて、それより我の寝所の脇より、焔硝一袋を持ち出し、また、一枚紙に包んで灰五十程も取り出し、「これを見られよ」と、差し出しておき、渋面を作って、手を組み黙っていると、人々はこれを見て不審に思って、「何であるか」とたずねるので、さっそく袋の口を開いて焔硝を見せ、また、灰を見せ、

「これは、この灰をもって、あなた達に目潰しを打って、主従三人で二十人も切り殺し、その後に焔硝に火をうつして、残らず焼討ちにするつもりで、火縄も三尺ばかり所持いたし、

火燧も、火口もこれに仕込んである」と、諸肌を脱いで見せ、マキリ二刃、刺刀の無手を延ばしたもの一刃、打違袋に包み入れて、体に巻いているものを残らず見せたところ、皆不審顔であるので、嘉兵衛は、

「カムシャツカで色々勘弁いたして、日本へ来たら、我が国の軍は大将の目前で、あなた達を焼討ちにいたすつもりで、小鳥を打ち、また、獣を取るような体で、焔硝を数度乞い貰って溜め、その他にもアメリカのホストンラルカ船の通辞をしている広東人からも、焔硝を貰い受けて貯え、それよりこの船の焔硝蔵をも見届け、また、灰も当春になってから、おりおり水嚢を借りて細末に拵えて、当地に来て、この船に火を掛け、焼打ちいたして、我々は共に死ぬつもりで謀っていたところ、打ち返して考えれば、随分我が名も残り得るけれども、恥を雪ぐためにと、この船を焼き払えば、その国の人々が聞けば、我が国への怨恨のもとになって、大軍となって、両国の人民を大いに害するような結果になると思って、これも止めて、我は今あなたを少しでも疵付け得れば、あなたの命も無事に済み、我が命を捨てるとも、その後のことに心残りもなく、両国の害にもならず、ゆくゆくは両国の間に、整うことと、重ね重ね勘弁の上、我一人の命を捨てる覚悟であれば、何分にもこの趣旨をお頼み申す次第である。さっそく矢倉へ上って、少し疵を付けさせてくれよ、なおまた、拙者の申し条を悉く疑うことは、大いなる間違いで、我はあなたの国に、恩もなく、また我が国に恨みもないゆえ、実のことを申す筋もなく、これまでのことは悉く虚言である。いざいざ早く矢倉へ上

られよ」

と申し捨て、矢倉へ飛び上り、今や梯子を上り来たならば、趣きによって、油断を見すまして、真二つに切り下すつもりで、梯子の際に、鯉口をつけて待っていたけれども、一向に上り来たらず、「まず、矢倉より下りられよ、よく相談いたす」と、ヲーリカを使いに差し向けたので、

「相談無用で下ることはできず、我を上陸させると言うなら別のことで、そうでもなければ是非勝負を遂げ申す」

と、待っていたところ、かの水主ども、残らず剣を携え、二間ばかり隔て左右を取り巻いていても、恐れもせず、待ち構えていたところ、船長のイリコルツは、船の窓から首を出して、我を招き、「まずまず下へ下りてきてほしい。上陸の相談をいたすから」と言っても、「下では、大勢に取り巻かれては、一向手段もできぬゆえ、まずは、上で談じたい」と返答のところ、イリコルツは剣も持たずに上って来て、

「この方の不行届の点は幾重にも謝ります」と、我が手を取り戴くので、その様子を見れば、格別の気配も見えず、真面目な顔色で、辺りにいる者を遠ざけて、居室に下りて椅子にかけて、一碗宛の茶を飲んで、船長は更に改まって申すように、

「先刻、あなたの申された虚言と申すことは感心いたして、誠にあなたは正直な人に相違なく、何分にも我々を始め、水主の者どもまで、無事にここにいる間、船もあなたに任せて、

なおまた、水主七十二人はいかようになされても、手向かいはいたさないから、以来は貴殿より、我々にいかように仕向けられても、我々の国に替え手向いいたすまじく、何卒急ぎ上陸下されて取り成しの程を頼みたい。なおまた、詫び状の一札も入用となれば、文意の程をご指図下されば、さっそく認めて差し出すべく、元来ホウシトフの仕業より、一昨年生け捕られた七人の者等、また貴殿も我々までもそのように艱難いたして、このようなことになったことは、気の毒の出入りに存じて、先刻の焔硝、灰等の用意、さてさて、驚き入って、我が国では、貴殿の如き、大丈夫の者は、一人もなく、小国なれど貴殿の志を見うけては、貴国は国法の正しい国と認められ、我々は一言の申しようもなく、ただただ善悪、貴殿一人にある間、ただ今より上陸いたされるよう。」と。

この嘉兵衛の「自記」は私には文意がかなり分かり難いのです。たとえば、この引用の終りに近く「実」と「虚言」ということがありますが、これらが何を意味するのか、正直に申しまして、私にははっきりしません。また、嘉兵衛が「少しでも疵付け得れば、あなたの命も無事に済み、我が命を捨てるとも、その後のことに心残りもなく、両国の害にもならず、ゆくゆくは両国の間に」平和が訪れるだろう、などと言いながら、リコルトが矢倉に上がってきたら、「油断を見すまして、真二つに切り下すつもりで、梯子の際に、鯉口をつけて待っていた」というのも、これが本当なら、嘉兵衛の意図は狡猾といわれても仕方がないでしょう。この「自記」は嘉兵衛の弁明書のような性格ももっているので、ここに書かれたことがすべて真実であるかどうか、多少の留保が必要であろうと思います。

「リコルドの手記」と嘉兵衛の「自記」を参照しながら、つくづく考えてみると、この状況はじつは嘉兵衛の周到に考えぬかれた演技であったように思われます。嘉兵衛は、生きて虜囚の辱めを受けるような破目になれば彼が面目を失い、彼の名誉は傷つくので、面目、名誉を守るために、オホーツクにふたたび連行されるくらいなら、自ら死を選ぶ、などと、リコルドに語りました。しかし、これは自分を自由に上陸させるための口実、駆け引き、脅しにすぎなかったのではないでしょうか。

もちろん、決死の覚悟で嘉兵衛は臨んだに違いありません。リコルドが金蔵と平蔵に告げた脅迫的、威圧的な警告からみても、嘉兵衛が意図したような、自分を「人質」という、司馬遼太郎の表現によれば「属性」をとりはらって、自由にする、という構想をリコルドに納得させるのが、どれほど困難なことか、嘉兵衛は充分に承知していたはずです。ですから、脅しといえども、彼はその命を賭けて脅したとみるべきではないでしょうか。すなわち、自分を「自由」に上陸させるか、あるいは、ここでお前は自分が自殺するのを見殺しにするか、という脅しに嘉兵衛はその命を賭けていたと思われるのです。

嘉兵衛が彼の命を賭けた、その決意の重みが、リコルドを驚かせ、日本人の名誉というものについて考えさせ、感動させ、彼の心を動かしたのでしょう。ただ、リコルドが彼の手記に、「彼の不敵な文句の実行を防ぐことは私には出来なかった。私は永いこと、嘉兵衛を上陸させる決心がつかなかった。それはわが同胞を救う望みをすっかり失うことを意味するからであった。しかしあらゆる事情を考えて、私は（捕われた同胞たちのためにこそ最後の手段を選ばねばならない）と覚った」と書いていることはすでに指摘しました。周到に計算した脅しであっても、その脅しに嘉兵衛が彼の命を賭けた、決意の重みが、リコルドを決心させたのだ、と私は考えるのです。

『菜の花の沖』の記述がほぼ嘉兵衛の「自記」にしたがっていることははっきりしています。しかし、物語の展開が「自記」より遥かに劇的です。たとえば、「自記」によれば、リコルドが嘉兵衛の上陸について、嘉兵衛が物見台の上にリコルドが上がってくるように言い、そのために、オリーカ少年が何度も上ったり下りたりせねばならなかった、というようなことは事実ではないようですし、七十二人を相手に斬って斬って、斬りまくり、とか、リコルドとの一騎打とか、「自記」に記述がないわけではありませんが、『菜の花の沖』では、読者はいったい嘉兵衛はどうなるのか、とじりじりさせられながら、頁を繰り、やっと「最後に」なってようやくリコルドが嘉兵衛を上陸させる、という回答をひきだすのを知るのです。ここにいたるまでの経過に読者は嘉兵衛の気迫に圧倒される感じを覚えます。作者の小説作りの妙というべきでしょう。

こうして、『菜の花の沖』において作者が高田屋嘉兵衛の捨て身の見事な処し方をまざまざと描ききったことが、これらの周辺資料との違いからかえって浮かび上がってきます。このあたりに『菜の花の沖』という作品の魅力の秘密があるように思われるのです。

ところで、オリーカという少年が通訳するとありましたが、私は『菜の花の沖』を読んだとき、この少年は虚構の人物だろう、と思い、こういう少年を登場させることに小説としての巧みさを感じたのです。捕えられた高田屋嘉兵衛ら一行はカムチャツカのペトロパヴロフスクに連行されます。『菜の花の沖』によれば、リコルドと嘉兵衛は同じ家の同じ部屋で生活することになります。

＊

リコルドと嘉兵衛の部屋は大きく、日本ふうでいえば畳を二十四、五畳《じょう》敷けるほどであった。

小さな次室がついている。従者が住む部屋で、リコルドと嘉兵衛の身のまわりの世話をした。大人ではなく、十二歳のロシア少年である。

名はオリーカといった。かれはオホーツクの町のうまれで、両親と離れてこのペトロパヴロフスクに働きにきていた。嘉兵衛はこの年頃の少年一般につよい愛情を持っていたが、自分の世話をしてくれるオリーカには、最初から肉親のような感情をもった。

オリーカにもそのことがわかり、嘉兵衛を心から愛した。かれは、とびきり利発だった。おそらく教会の神父に学んだにちがいないが、この時代の辺境のロシア人の子弟にはめずらしく文字が読めた。

嘉兵衛は、身辺の事物のコトバについて、日本語でもってオリーカにいうと、少年はそれをロシア語に直して嘉兵衛に教えた。自然なかたちで、嘉兵衛が少年に日本語を教え、少年が嘉兵衛にロシア語を教えるというかっこうになった。

会って数日して、嘉兵衛が少年の肩を抱くようにして、

「オリーカよ、わしはロシア・コトバを学びたいぞよ」

と、顔をのぞきこんで言った。少年の聡明さは、すぐその意味がわかっただけではなかった。その日本語を二度ばかり繰りかえし、さらにそれをロシア語になおして、嘉兵衛に反復させた。嘉兵衛は、真剣だった。当初、この地にいい日本語通訳がいるはずだと期待していたのだが、それが外れた以上、自分がロシア語を習得しなければ、嘉兵衛が考えている日露のあいだの外交交渉ができないのである。

「自記」の記述は若干違います。

上陸したところ、この地の役所を修繕して旅宿に構えてあった。この家は六間梁十五間、

間数は八間で、そのうち二十四畳敷きの間に船長イリコルッと嘉兵衛と同居し、次の間に仕官一人が詰めており、嘉兵衛一行の水主四人は、右の間より四間隔てた下の間に定められた。

かれこれ三十日程の間には、日本より、うまく官人を捕えてきたような風説が伝えられている由で、五十里、七十里と隔てた地方から見物人が夥しく集まってきて、誠に恥しく思った。我々五人は、色が黒く、人物もよろしからずで、日本人は皆このような者と思われても、国の恥だと、毎日、温水で垢等を拭き続けても、生まれつきであり、どうにもならぬことを、話し合うだけであった。この間は心底も定まらず、ただ茫然として、かの地の様子を窺っていたが、そのうちに、この旅宿に十二、三歳の男子でヲーリカという者がいた。ヲホッカの生まれで、いたって利発に見うけられ、心やすくなって、我々は互いに自国の言語を教え合って、二十日ばかりの間に、相応の話もできるようになって、この童子にいろいろ手当をして、心やすくしておいて、この様子を窺って見ていると、外の方から書状等がきた際、錠前のない箱へ入れて、目印を付けて置いて、人のいない時に取り出して、この童子に読ませて、かの地の委細、日本への駆引き、王城への掟様等を聞き取ったが、誰も知る者がなかった。

このとおり、オリーカは実在の人物だったのです。この少年と嘉兵衛がロシア語と日本語を教えあったことも間違いない事実のようです。違いは、『菜の花の沖』ではオリーカ少年を嘉兵衛が交渉のさいの通訳として使うという目的であった、としているのに対し、「自記」にはそのような記述がみられないことでしょう。すでに、私たちは、泊港で嘉兵衛が物見台の上に上り、オリーカがリコルドとのやりとりのために上がったり下りたりを繰り返したことを読んでいます。その伏線のためにも、『菜の花の沖』では、オリーカを通訳にしたてるつもりであった、としておく必要があったのです。

ですから、オリーカが実在であっても、『菜の花の沖』では彼の位置づけがかなりに違うので、この辺にも作者の小説作りの巧みさがあるといえるでしょう。ただ、嘉兵衛らの十ヵ月かそこらの僅かな抑留期間に十二歳の少年が通訳するまでの能力を身につけられるものか疑問に思います。ところで、オリーカの件は別として、この「自記」において、嘉兵衛が肌の色、容貌などについて劣等感に悩むところはじつに可笑しいところで、これは『菜の花の沖』には描かれていません。もちろん、この小説の主題とは関係ないからなのですが、これを省いたことにもやはり作者の意図があるはずです。それもこうした資料を読む興趣であろうと思います。

*

さきに嘉兵衛が焔硝などを用意したことを申しましたが、『菜の花の沖』には、リコルドの「手記」では、かれは嘉兵衛に以下のようにいっている、という記述があります。

「このディアナ号の火薬庫に火をつけさえすれば、いっぺんに乗組員の命をうばうことができるじゃないか」

これに対し、嘉兵衛は、ばかなことをいうもんじゃないよ、と大きく手を振り、

「それじゃ、卑怯というものだ。わしは正面きった話をつけるんだ」

といった。リコルドはこれをきき、「手記」の中でつぎのように言う。

私の目には、嘉兵衛《カヒ》がまったく得難い人物だと映った。かれの度量の大きさが現われるにつれて、彼に対する私の尊敬はいよいよ高まった。

「リコルドの手記」では、もうすこしこの会話は長いので、これを紹介したいと思います。リコルドがこういった、というところから引用します。

「火薬庫に火をつけさえすれば、乗組一同の生命を奪い、いくらでも復讐を遂げることが出来るのに、何を苦《ママ》んでそんな復讐を選ぶのか、驚いた話だ」

「なに火薬庫を爆破して全員を宙に吹き飛ばせと云いなさるか」と彼は云った、「いや、お前さん、それはわしも知っていたけれども、それぢゃまるで卑怯な話ぢゃないか。わしの考

えでは、そんな人の隙を覗うような仇討は、弱い小心者のすることだよ。お前さんの寝込みを襲って殺したら、わしがお前さんを勇ましい大将だと思ったことになるとは考えないのかい？　こんなことは説明するまでもないと考えていたけれども、いま本艦を微塵に爆破して復讐したがよいなどと云う所を見ると、わしがこっそりとお前さんを殺す気だったとお前さんは考えているに違いない。いや！　わしは正面切って話をつけるんだ」

こうした悲壮にして断乎たる意図を示し、心から打ち解けた態度を見せられると、私の眼には嘉兵衛が全く得難い人物だと映るのであった。そして今まで隠れていた彼の度量の大きさが現われるにつれて、彼に対する私の尊敬はいよいよ高まって行った。

これに対して、嘉兵衛はリコルドをどうみていたか、を確かめておきたいと思います。リコルドの部下にルゥダコフ中尉という人物がいます。彼が「水兵のあいだにまったく人気がないということを」嘉兵衛は知っていました。「みずからの内容が豊潤、清雅でなく、かつ人間に対して愛情をもてない男が、海上勤務の指揮者として兵員の信望を得ることはできない」と司馬遼太郎は書いていますが、これは「自記」に書いていることとほぼ同じです。

このルゥダコフ中尉は立身出世を願っているのです。そのルゥダコフ中尉が嘉兵衛に身の上相談を持ちかけるのです。このような事実からみて、嘉兵衛には、ほとんど一面識にひとしいロシアの軍人からも、信頼されて意見を求められる、そういう人格だったことが分かります。この中尉の質問について『菜の花の沖』には次のように書かれています。

ルゥダコフの場合、農民の出ながら海上勤務によってたまたま中尉という将校になりえた。しかし、これ以上の昇進は、戦争でもないかぎり容易ではない。

――そこを、どうすればよいか。

と、ルゥダコフは、そういう実利的なことについても、嘉兵衛に助言を仰いでいるのである。嘉兵衛はそのような助言をする自分を半ばおろかしく思ったが、しかし一面、本気で一個の案を考えてはいた。

かれはディアナ号艦長ピョートル・リコルド少佐という人物に、深い尊敬を感じていたから、かれが「百石取り」ぐらいの（と嘉兵衛は踏んでいた）少佐で終わるべき人物でなく、日本でいえば天領の代官になるべき器量と思っていた。このため、ルゥダコフにも、

「いこるつ（リコルド）さんは、大した人です。こういう人こそ一国（たとえば、オホーツクとかカムチャツカというような土地）の主宰になるべきで、もしそうでなければロシア国の上位の人の不明というべきです」

さらに、いう。

「だから、おろたこふさん、あなたはいこるつさんを一国の主宰になるように運動しなさい。そのあと、あなたが艦長になり、仁恵を施せば、いずれは昇進するでしょう」

この助言にさいし、「自記」では、リコルドを「寛仁大度と申す人物」と嘉兵衛は言った、と書かれていますから、嘉兵衛の側でもリコルドを評価していたことは間違いありません。そういう互いの敬意の上にはじめて信頼関係が築かれるのでしょう。

＊

そこで、嘉兵衛は上陸、泊村の陣屋に出頭しますが、陣屋に入ることも許されません。門外の荒莚にすわらされます。やがて三人の幕臣が門外に出てきて、嘉兵衛を訊問、嘉兵衛は床もない土間の小屋をあてがわれます。松前奉行所がその対処方針をきめたのはディアナ号が到着してから十日後であった、と『菜の花の沖』には書かれています。その結果、嘉兵衛と旧知の松前奉行吟味役である高橋三平が国後島泊陣屋に派遣され、高橋三平が到着して、状況が一変します。「嘉兵衛、苦労であったな」と、「高橋三平が、小兵ながら精悍な表情に心からの同情をうかべて言ったとき、平伏しながら嘉兵衛は不覚にも涙がこぼれ落ちた」とあります。その後、嘉兵衛はディアナ号にリコルドを訪ねます。『菜の花の沖』には次のように書かれています。

艦長室では、嘉兵衛は、

「自分が、高橋三平の代理人になり、貴官《あなた》と交渉するように命ぜられている」
と、あたらしい立場をつたえ、ふところから書簡をとりだし、読みあげた。高橋三平から、リコルドへのものである。上原熊次郎の手になるロシア文の翻訳文がついていた。
嘉兵衛の立場についても、

貴カムチャツカ長官（註・リコルドのこと）においては、嘉兵衛を予の代表者と認められんことを要請するものである。

と、明記されている。

これこそが、私の感じる高田屋嘉兵衛の魔術師的な振舞いです。嘉兵衛はもうリコルド、ディアナ号ないしロシア政府の捕虜でないどころか、まったく立場を逆転、日本政府を代理する人間になったのです。この立場こそ、彼が命を賭けた周到な演技によって、かちとったものでした。
この高橋三平書簡は、「リコルドの手記」に詳しく紹介されていますので、これを読んでみることにします。

高橋三平は貴カムチャツカ長官に対し敬意を表し、左の如く通告する。すなわち、松前において接受した貴下の書翰に基き、お奉行様（知事）より本官に対し、貴カムチャツカ長官の御来航ありたる国後島へ急遽出向き、かかる高官に正当なる敬意を表し、かつ全ロシヤ人釈放の件に関し予め左の条々を警告すべき命令があった。高橋三平個人としては、日本の法律により、当地において直接カムチャツカ長官との折衝を禁ぜられ居るを遺憾至極に存ずるものである。同胞救出のため再度にわたり国後島に来航された際、露艦の将卒各位のなめられた多大の辛労を大いに推察し、かつは乗組の御一同を襲いたる大災厄に同情して、本官は松前奉行様の許可を得て、幽囚中の一ロシヤ人を帯同して参った。ついてはあらゆる点につきその同胞に対し説明せしめんがため、夜分には当会所へ帰還することを条件として、右水兵が毎日貴艦を訪うべきことを許容する。高橋三平は高田屋嘉兵衛を選んで本交渉を委任したが、右は嘉兵衛が自由にカムチャツカ長官と意志を疎通し得る旨を言明した為であるから、貴カムチャツカ長官においては嘉兵衛を予の代表者と認められんことを要請するものである。

以下、左の如き公式条項が述べてあった」として「一、フヴォストフはまさしくロシヤ政府の関知乃至承認を受けずに、千島諸島ならびにサハリンにおいて違法の行為をなしたる旨、わが公文書の形式を守り、かつ二人の長官の署名捺印したる証明書を日本政府に持ち来るべきこと」以下を記載しています。

『菜の花の沖』には、「リコルドは、ロシア文を何度も読んだ。（日本国は、堂々たる国家だ）

と思わざるをえなかったのは、高橋三平が展開しようとしているのは、ヨーロッパ諸国でおこなわれているそれと同様の——あるいはそれ以上の——重厚で精密な外交交渉法であることであった。」

＊

ところで、リコルドがはたして聡明なのかどうか、あるいは鈍感なのではないか、と疑問を抱かせるような行動があります。リコルドが泊港で松前奉行の正式許可を待つまでに手紙の往復に二十日ほどの期間がありました。「リコルドの手記」には次の記述があります。

私はこの手紙の往復を待つ時間を有効に利用するため、背信湾全体を最も正確に測量したいと思った。しかしそれにはボートで湾内を乗廻わさねばならないので、この件につき国後島の隊長の許可を求めた。ところが国後島の隊長は、わが友高田屋嘉兵衛を通じて、その件はかねての訓令に反する旨を最も鄭重に説明し、かつわが方のボートは如何なる事情ありとも、従来通り、小川より奥に進むべからずと申渡した。われわれとしては少くともこの拒絶が鄭重に行われたという事に満足せざるを得なかった。

背信湾とはディアナ号が碇泊している泊湾のことです。ここで、ゴローニンが日本側の謀略によって捉えられたことから、リコルドは「背信湾」とよぶことにした、というのですが、それはともかく、何故、測量する、というのか、ことに鎖国を国是としている日本の領海を測量するのは水路を確実に見いだすためなのですから、侵略目的以外には考えられないではありませんか。こういう気配りがないことをみると、リコルドという軍人は愚鈍なのではないか、とさえ、思われるのです。さもなければ、ロシアという大国の武力を背景にした傲慢さでしょう。

この点についてゴローニンの態度と比較してみることにします。彼の「幽囚記」は「一八一一年（文化八年）四月、当時カムチャッカに在った皇帝のスループ艦ディアナ号の艦長をしていた私は、海軍大臣から一通の命令書を受取り、勅旨により、千島南部、シャンタル諸島および北緯五三度三八分以北のタタール沿岸からオホーツクまでの間を最も正確に測量せよと命ぜられた」と書きおこされています。

彼は日本側の謀略によって捉えられ、函館に送られます。そこで、訊問をうけますが、そのさい、「われわれが当地に来た主たる目的、即ちよく知られていない土地を発見測量するために派遣されたことは、前にも述べて置いたように、日本側から疑いを受けないために、蔽して置いた。そして「本艦のカムチャッカ来航は、同地に必要な各種の政府の物品を届けるためである」と云って置いた」とあります。

さらに「釈放方針申渡」という章の「ムール佯狂」の項には部下のムール少尉が「自分一人を

お奉行に会わせてくれ」と通訳に要求し、「自分は二三極めて重要な件について、お奉行に伝えたい」と言い、「われわれのディアナ号は、日本に属し且つ日本人の住んでいる南部千島諸島を測量するために来たのです」と奉行に告げようとした、という挿話を語り、通訳がムールは発狂したものと思った、と書き、「その翌日ムール君は全く狂人のような話をするようになった。しかしそれが本当な発狂であるかどうかは、神の裁断にまかせて置こう」と結んでいます。ムール少尉が監禁状態に近い、自由を束縛された状況で、釈放を諦め、日本政府に仕えよう、というような心境に至ったことは、それ自体、人間心理の問題として研究に値するでしょう。

それは別として、この『幽因記』にみられるとおり、南千島の諸島を測量することが、日本政府に対する敵対的行為と疑われても仕方のない問題であるとゴローニンは理解していたし、ムール少尉も理解していたのです。そういう意味でゴローニンは狡猾であり、賢くもあったのですが、リコルドにはそういうゴローニンのような理解力がなかったのです。愚昧というべきですが、あるいは愚昧というより、あまりに国際感覚に欠けていた純真な人物であったとみるべきかもしれません。

ゴローニンの『幽囚記』は当時来日した欧米人の記録と比べ、日本人の品性、知性などを極めて高く評価している点で異色のものですし、これに比べれば、ゴンチャロフの『日本渡航記』はじつに傲慢、独断的で、偏見に満ちたものであると思います。ですから、私はゴローニンの『幽囚記』を評価していますが、そのゴローニンといえども、日本人に嘘をいうことをまったく恥じていないことに驚きます。ゴローニンはペテルブルグからカムチャツカへ必要な物品を届けるために来航したのだ、と言ったようです。また、函館における訊問にさいして、日本の鎖国を聞いていないのか、という質問に答えて、こういうのです。

われわれは、日本側ではロシヤ船舶が交易のため日本に来航することを許さないということは聞いていた。しかしながら、右の禁止が、日本沿岸附近を航行中、何等かの災害に遭ったり、何か必要品に缺乏を来たし、日本側の助力を求めている船舶にまで及ぶものだとは、嘗て聞いたこともなく、想像も出来ないことであった。

まだ続きますが、省略します。ゴローニンの場合は、これらのどれにも該当しません。カムチャツカから来航したのであって、災害に遭ったわけでもなく、必要品に缺乏を来たしていたわけでもありません。南千島諸島の測量という目的で来航したのですから、このような議論が成り立つ余地はないはずです。かりにこうした事情であっても、だから、助力を与えるべきだというのは、欧米人の利己的な要求を人道主義と称しているにすぎないのではないでしょうか。そんな危険を冒すのであれば、それこそ自己責任なのではないでしょうか。

＊

ゴローニンが日本側の謀略によって捕えられたのは一八一一年（文化八年）ですが、これ以前の一八〇五年（文化二年）から翌年にかけてフヴォストフ大尉、ダヴィドフ少尉によるカラフト、エトロフに対する再三の劫掠、乱暴、狼藉がありました。これらについては『菜の花の沖』の「暴走記」に詳しく書かれているので、省くことにします。彼らがどうしてそういう行動をしたかについては、その前の「続ロシア事情」「レザノフ記」という章におけるレザノフという人物についての説明がありますので、これも省略します。

ごく簡単にいえば、レザノフは半官半民、勅令で認可、設立された露米会社の代理人であり、しかも、ロシア宮廷の元老院第一局長でした。このレザノフがカラフトの奪取を計画し、フヴォストフ大尉、ダヴィドフ少尉の両名を雇い、露米会社としてユノナ号というフリゲート艦と現地製造のアヴォス号という二隻の船舶を買い入れます。『菜の花の沖』の記述によれば、レザノフは「遠征の全指揮はフヴォストフ大尉がとるべし」と命じ、本人は皇帝に説明しようとしてペテルブルグに向う途中で病没したということです。

ゴローニンを捕えた日本側の意図は、フヴォストフ大尉らによる再三の劫掠、乱暴、狼藉がロシア政府の方針によるものかどうか、を確かめるためであったようです。そこで『幽囚記』を見ますと、ゴローニンは日本側の質問に対して「日本沿岸を襲撃した船は商船であって、皇帝の船ではなく、それに乗り込んで航海していた人員はいずれも公務に服するものではなく、勝手に襲撃を行ったのであって、その目的は恐らく獲物が欲しかったからであろう」と答えています。しかし、フヴォストフ大尉、ダヴィドフ少尉は二人ともれっきとしたロシア海軍の将校なのですから、「略奪」のような行為は「公務」ではありえないとしても、公務員には違いないのです。商船だとゴローニンはいいますが、フリゲート艦は軍艦です。皇帝の船でないことは本当ですが、ロシア皇室は露米会社の大株主なのですから、まるで、関係ないとはいいきれるものではない、と思います。しかし、ゴローニンは次のような発言もしているのです。

大体日本という国は、存在さえヨーロッパでは碌々知られていない重要性のない狭小な国土なのだ。それなのに君等は日本が文明人の注意を惹き、しかも日本の部落が二三小さな商船の勝手な攻撃を受けたことを、世界中誰でも細大漏らさず知っている筈だと想像しているが、そんな想像が出来る訳はないじゃないか。その襲撃はロシヤ皇帝の命令を受けずに、勝手に行われたのだと言明し且つ立証したら、それで沢山ではないか!

私たちとすれば、何故そんな狭小な重要性のない国に開港を求め、通商関係を求めるのか、と言いたいところです。世界中の誰でもない、ゴローニンというロシア海軍の責任ある立場の人に聞いているのですし、そもそも、何の「立証」もしていないで、ゴローニンの言明で立証できたというのは思い上がりではないか、と言いたいところです。

司馬遼太郎は『菜の花の沖』でこの『幽囚記』は、「文学的価値も決して第二流ではない。また自分の悲劇的な異常体験を通じ、当時、世界のなかでも異質で独自の社会と文化をもつふしぎな国について、終始科学的な冷静さでもって観察し、ヨーロッパ諸国語の世界に報告した。そういう分野の報告文学として、きわめてすぐれたものではないかとおもわれる」と書いています。たしかに、『幽囚記』にはそういう価値はありますが、その著者ゴローニンといえども、本心では、やはり日本人に対して尊大で、傲慢、侮蔑的な姿勢をもっていたのだ、と思います。

*

そこで、リコルドは引き返して、オホーツク港務長官、オホーツク民政長官からの証明書等を受け取り、これらの証明書を携えて、リコルドは函館に来航し、これらの書類による弁明を幕府は受け入れて、ゴローニンらの釈放がなされるわけですが、最後に、気になることを一つ申し加えておきます。『菜の花の沖』には「箱館好日」の章に「蝦夷本島について、リコルドがごく粗末な海図をもっているにすぎないことを嘉兵衛は知っていた。そこには、箱館はない。噴火湾はある。絵鞆《えとも》（室蘭）もある。嘉兵衛はリコルドが絵鞆をめざしてくるのではないかと見、その地に平蔵を駐在させておこうと考えていた。平蔵に、箱館までの水先案内人をつとめさせるのである」。そして、絵鞆到着の五日後、平蔵の水先案内でリコルドのディアナ号は箱館に入港した、とあります。

ところが、ゴローニンの『幽囚記』にはリコルドが絵鞆に到着したさい、「キセリョーフ通訳が日本語で書いた当地長官あてのリコルド君の手紙をみせてくれた」とあり、その手紙の内容を貞助が次のように説明して聞かせた、とあって

リコルド氏は水先案内を所望したのに、提供されたのは今春同氏が送還して来た日本人水夫の一人であったから、もっと信用出来る案内がほしい。実は高田屋嘉兵衛を遣わして貰いたい。彼なら全幅の信頼をかけることが出来るからというのです。それからリコルド氏は飲料水が欽乏しているから、水を汲ませてほしいと通じ、更に日本側の回答はキセリョーフ通訳に判らないような高尚な文字を使わないで、平易な言葉で書いてくれという頼みです。

と通訳したという。よくもここまで自己本位に考えられるものだと感心します。どうして嘉兵衛を水先案内に、とまで要求できるほどに厚かましいのか。自分の方の通訳の力量不足にあわせて日本語の公用文を書くように要求できるほど、不遜な態度をとれるのか、私はただ呆れるばかりです。そもそもディアナ号が絵鞆に入港するかどうか分からないのに、たぶん絵鞆に入港するだろうと予想して平蔵を差し向けたのは嘉兵衛の好意なのに、それでも不満だという手紙を書くようなリコルドの態度は私にはじつに腹立たしいのです。

「リコルドの手記」では若干、表現が違います。絵鞆に到着したときの記述です。

部落から一艘の日本船がこちらに向って漕ぎ出して来た。この船には日本語でアイヌと呼ぶ毛深きクリール人が十三人乗っていた。この舟子どもと一緒に、平蔵《ヒゾ》という名前の日本人がやって来た。これは高田屋嘉兵衛の雇人で、嘉兵衛と共にカムチャツカへ行き、本年最初の国後島渡航の際、われわれが同島で釈放した男である。平蔵は、国後島で双方の間にまとまった協定に従って松前奉行から自分を本艦に遣わし、函館湾へ回航の水先案内を勤めさせる、という口上をのべた。のみならず平蔵は、「何か必要なものはありませんか」とたずね、「当所の役人は何でも必要品を本艦に供給せよとの命令を受けました」と伝達せよと云いつかっていた。しかし本艦は淡水のほかには何も欽乏を感じなかったので、日本側の好意を受けるのも、その小舟で五十杯の空樽を送り、地元の官憲に依頼して水を汲ませ、本艦に届けさせるだけにした。

ここで、無償で淡水の供与をうけるのですが、やがて、ゴローニンからの手紙をうけとったとあり、「この手紙は本艦の来着第一日に私から日本の役人宛に出した手紙の返事であった。私の手紙には、国後島で協定した際には高田屋嘉兵衛または日本の一官吏を派して本艦を迎えると約束しながら、水夫をたった一人しか寄越さなかった事実を根拠として、日本側の希望する交渉の誠意について疑惑を表明して置いたのである」とあります。また、続きの文章では「日本人平蔵は、前述の通り、例の小舟に乗って来艦したので、私はこの男を水先案内の代りに採用することに同意した」と書いています。

どこかに誤解ないし誤訳があるのかもしれませんが、この「リコルドの手記」の記述も不可解ですが、『幽囚記』の記述と合致しているようにみえます。高田屋嘉兵衛自身が来ないで、水夫をたった一人しか寄越さなかった、と書いて、日本側の誠意を疑った、というのですから、やはり、嘉兵衛が水先案内をすべきであったのに、嘉兵衛が来ないから、不承不承、平蔵を水先案内に使うことに同意した、と考えていたようです。ただ、嘉兵衛が水先案内をするということは、絵鞆に入港することなどまったく話に出ていない国後島で約束できるはずもありません。そもそも、松前奉行との交渉以前の国後島で、ゴローニンらをどこで引渡すか、約束できたはずもありません。嘉兵衛の「自記」にはそのような約束があったというような記述はありませんから、「リコルドの手記」の記述も『幽囚記』の記述も到底真実とは思われません。あるいは、彼らに思いこみがあったのかもしれませんが、それにしても、ここでも彼らはじつに傲慢で、身勝手な人々だという感を深くするのです

＊

私がこういうことにこだわるのは、『菜の花の沖』には、泊湾の測量のことも、嘉兵衛の水先案内のことも、その他、ゴローニンの発言のことなども、作者は承知しながら、書いていないからなのです。これらの事実はリコルドやゴローニンの広大な領土をもつロシアの大国意識にもとづく、傲慢さのあらわれであり、リコルドの場合は彼の国際感覚の欠如によるものかもしれませんが、信頼と友情という『菜の花の沖』の主題からみて、作者が意識的に切り捨てたように思われます。『菜の花の沖』を「リコルドの手記」、ゴローニンの『幽囚記』と読み比べて、私は『菜の花の沖』には書かれていない、こうした様々な事実を発見することに興趣を覚えたのです。

『箱根の坂』と『国盗り物語』

『箱根の坂』について考えてみたいと思います。その手がかりとして、『国盗り物語』、正確にはその前篇、と比較してみたいと思います。その比較によって、『箱根の坂』がどういう作品であるか、司馬遼太郎は『国盗り物語』から『箱根の坂』にいたるまで、どのように成熟したか、が見えてくるのではないか、と期待しています。

*

いうまでもなく、『国盗り物語』の前篇は京都西郊、日蓮宗の名刹妙覚寺の一僧侶出身の斎藤道三が裸一貫から身を起こして美濃一国を支配するにいたる話ですし、『箱根の坂』はやはり京都出身の北条早雲が、裸一貫でないにしても、一介の鞍造りから伊豆を平定し、箱根の坂を越えて、小田原を攻略し、相模国を支配し、その子氏綱の代には関東一円を支配するにいたる、後北条の創始者となる話ですから、二人の出世譚はひどく似ています。いかに乱世であっても、これほど似た例は他に見当たりません。

しかし、二人は非常に違います。斎藤道三は、蝮と渾名される悪評高い人物であり、本当の息子かどうかは別として、嫡子である義竜と対立して殺されます。北条早雲は、逆に、高潔な人格の持ち主として領民から慕われ、「その人柄は重厚で心やさしく、しかもつねに勇気を蔵し、さらには聡明《そうめい》さは比類ないといわれた」長子氏綱に恵まれて、後北条氏《ごほうじょうし》の基礎を築いたといわれています。何がどう違うのか、司馬遼太郎の作品によって、二人の行跡を比べながら、辿ってみることにします。

斎藤道三は妙覚寺で「智恵第一の法蓮坊《ほうれんぼう》」といわれ、「智恵第一どころか、「学は顕密《けんみつ》の奥旨《おうし》をきわめ、弁舌は富楼那《ふるな》（釈迦《しゃか》の弟子・古代インドの雄弁家）にもおとらず」といわれるほどの学識もあった。舞もできる。鼓《つづみ》も打て、笛を唇《くちびる》にあてれば名人の域といわれ、しかも寺で教わりもせぬ刀槍《とうそう》弓矢の術まで、神妙無比の腕に達している」。これだけでも伝説中の英雄たる資格が充分ですが、容貌、体躯については、司馬遼太郎は次のように描いています。

丈《たけ》の十分にある筋肉質の骨柄で、贅肉《ぜいにく》はない。

顔は面《おも》ながで、ひたいは智恵で盛りあがったようにつき出ている。下あごは、やや前に出、眼に異彩があり、いかにも機敏そうな男である。

異相だが、妙覚寺の稚児《ちご》時代は、

——玉をあざむくほどの美童。

といわれた。

長じていよいよ秀麗をうたわれたが、顔に癖がつよい。しかしそれだけに、男の旨《うま》あじを知った女どもにはたまらぬ味があろうと僧侶《そうりょ》のころからいわれていた。


斎藤道三、僧侶から還俗したときの名は松波庄九郎といいました。これらの容貌、体躯、智恵、学識、遊芸から武術まで神妙の域に達した才能をもって、国主たろうとする野望をいだき、野望を実現するわけです。これほどの資質に恵まれた人物は、それこそお伽噺でなければ登場しない、非現実的な人物ですが、恰もこういう人物が実在したかのように、現実感をもって描き出すのが小説家の手腕といってよいでしょう。じっさい、『国盗り物語』を読んでいる限り、斎藤道三という人物が、まざまざと私たち読者の前に現出するのです。

斎藤道三の行跡の第一歩は京都随一の油商奈良屋への乗り込みです。車借《しゃしゃく》、馬借《ばしゃく》、店の手代、それに護衛の牢人衆を加えて八百人の人数を宰領して備前から大量の荏胡麻《えごま》を買い付けて京へ運ぶ役を引き受け、彼の創意工夫による戦術で盗賊から荷物を守りぬいて京都に無事に運びこみ、店まで送り届けずに、東寺まで来たところで、身を隠してしまいます。奈良屋の女主人お万阿《まあ》を焦らす策略です。お万阿が探すと有馬の温泉に泊まっていることが分かります。庄九郎は僧侶として男色は知っているのですが、まだ女性を抱いたことはありません。有馬ではお万阿が庄九郎を慕っていることを知りながら狐扱いにして追い返し、江口の里で遊女から女性をどう扱うかを学んで、やがて二月ほどして奈良屋の店に現われます。

「有馬の湯では、狐を抱こうとした。が、狐ではいやじゃ。抱こうなら、真正のお万阿殿をそなたの閨《ねや》にて抱きたい」「そのかわり、数日逗留《とうりゅう》、などとは申して下さりますな」「何月も?」「いいえ」「何年もか」「いいえ、庄九郎様が一生、奈良屋に居てくださるというならば、お万阿は今夜、閨でお待ちいたします」「この、あるいは天下のぬしになるかもしれぬ松波庄九郎を、奈良屋が飼おうというのか」「ち、ちがいまする。お万阿のほうが」「ほうが?」「庄九郎様に飼われとうございます。今生《こんじょう》だけでなく、つぎの世までも」といった問答の末、二人は契ることになります。「あっ」と「お万阿がうめいたとき、奈良屋の身代は松波庄九郎のものになっていた」と司馬遼太郎は書いています。

これが、斎藤道三が奈良屋乗り込みのいきさつですが、ちょっと横道にそれますが、臥所をともにする前に、

庄九郎は思いだしたように刀をおさめて立ちあがった。

「いざ、寝《い》なむ」

と、庄九郎は、いまはやりの今様《いまよう》を口ずさみ、舞の足ぶりで部屋を出た。

いざ寝なむ
夜も明けがたになりにけり
鐘も打つ
とん、と足を廊下に踏んで、
宵《よい》より寝《い》ねたるだにも
飽かぬ心をいかにせむ
（はて、おなごとはさほど佳《よ》きものか）

という一節があります。

これは『梁塵秘抄』に収められている今様です。手許の『新潮古典文学集成』版の『梁塵秘抄』には、四八一番として、次の今様が掲載されています。『新潮古典文学集成』版では行わけされていますが、以下では、行わけしないで示します。

いざ寝なむ　夜《よ》も明け方になりにけり　鐘も打つ　宵より寝たるだにも飽かぬ心を　やいかにせむ

『梁塵秘抄』は後白河院の選になるもので、平安末期の女芸人たちによってひろめられ、「今様」

と呼ばれた流行歌の集大成として知られています。後白河院の在位は一一五六年から一一五八年で退位後は一一七九年まで院政を布いたわけですが、いずれにしても『梁塵秘抄』に収められた今様は十二世紀の流行歌です。

『国盗り物語』の冒頭に「永正十四年六月二十日」とあり、後土御門帝が亡くなられてすでに十七年、とあります。永正十四年は西暦一五一七年、後土御門帝の在位は一四六五年から一五〇〇年ですから、この物語、斎藤道三が活躍したのは十六世紀です。斎藤道三は生年は不明ですが、死んだのは一五五四年ということです。『梁塵秘抄』が成立してからほぼ四百年経っています。ちなみに源頼朝が鎌倉幕府を開いたのが一一九二年（建久三年）、十二世紀の終りです。

ですから、『梁塵秘抄』に収められた今様と呼ばれた流行歌が、その後三、四百年経った斎藤道三の時代になってもなお、人々に口ずさまれていたのか、疑問に思います。ただ、これは小説だから許されると考えることができますし、鎌倉時代、室町時代を経て、戦国時代に入っているわけですが、政治体制は変わっても、近代とは違って、世相は停滞し、時間はゆっくりと流れていた時代だと考えてよいかもしれません。じつは北条早雲は一四三二年に生まれ、一五一九年に死んだ人物ですが、『箱根の坂』には、『国盗り物語』とは比較にならぬほど、じつに多くの俗謡が引用されています。

後に詳しく申しますが、かなりの俗謡は『梁塵秘抄』から採られています。北条早雲の時代は斎藤道三の時代からはほぼ百年以前ですが、『箱根の坂』の時代にまだ今様が歌われていたとすれば、『梁塵秘抄』の時代から二、三百年は経っているのですから、現代の読者にとってはかなりにふしぎに思われます。まして『国盗り物語』の時代ではどうでしょうか。やはり時間がゆるやかに流れていたのかもしれませんし、司馬遼太郎の作品に無理があるのかもしれません。

『箱根の坂』における引用は後に考えることとして、率直に申しますと、ここに挿入された今様はちょっと可笑しいと思うのですが、どうでしょうか。この今様は、宵から、つまり、前日の宵から明け方まで情を交わしていたのに、まだ未練があるから、また、情を交わそう、という意味です。それ故、これから臥所を共にしようという、この場の情景にふさわしいとはいえないのではないでしょうか。

*

斎藤道三の第二段階は、奈良屋の乗っ取りです。道三は奈良屋に乗り込んだものの、まだ入り婿のようなかたちなので、依然としてお万阿が奈良屋の主人に変りありません。これを道三が乗っ取るわけですが、これには中世における「座」を理解する必要があります。従来は油の売り子が最後の一滴を枡《ます》の中に残して自分の儲けにしていたそうですが、道三、当時の庄九郎は一滴にあたる油と同量を売り子に無償でくれてやることにして、そのかわりに、売り子に一滴残らず売らせて、奈良屋の商売には嘘がないという評判をとる。その結果、奈良屋は非常な利益をあげることになった。奈良屋の油が売れすぎて油専売権をもつ山崎神人の油が売れなくなってしまった。そこで「座」が問題になります。この作品の中で作者は次のように説明しています。

要するに、ほとんどの業種の商工業は自由に開業できなかった。許可権を、それぞれ特定の有力社寺がもっていた。社寺、といっても中世の有力社寺は宗教的存在というよりも、領地をもった武装国である。神聖権と地上の支配権をもち、それらがそれを背景として商工業の許可権をもっている。奈良の興福寺大乗院などは、一つの寺院で、塩、漆、こうじ、すだれ、菰《こも》など、十五品種にわたる商工の権をにぎって、そこから得る収入はばく大なものであった。こういうばかばかしい制度をぶちこわして、楽市《らくいち》・楽座《らくざ》（自由経済）を現出させたのは、のちの庄九郎（斎藤道三）のむすめ婿になった織田信長であった。信長は単に武将というよりも、革命児だったといっていい。そういう経済制度の革命の必要を信長におしえたのは、道三である。

道三みずからが、この制度をぶちこわした先覚者であるが、この当時の庄九郎には、まだその力がない。とにかく荏胡麻油《えごまあぶら》の座元は、大山崎八幡宮。

その直属神人《じにん》に、油を直売させている。京の奈良屋といえども、八幡宮から、「神人」の株をもらっている身で、富商ながらも、当時の神人どもには頭があがらなかった。

そこで、三百人を越える山崎の神人が奈良屋に押しかけて、「篝火《かがりび》を奈良屋のまわりに点々と焚《た》きめぐらせ、手に手に松明《たいまつ》をもってさわいでいる」。庄九郎は馬に乗り、山崎まで「颶風《ぐふう》のように駈け」、山崎八幡宮の神官津田大炊《おおい》に面会を求めます。神官は寝ています。庄九郎は事務官（雑掌《ざっしょう》）に会い、献金すると言って、取次ぎを依頼しますが、仔細は神官に直接お話するという。献金だけは受け取って、朝まで待て、ということになります。庄九郎は座ったまま夜明けを待っていますが、その間、神人たちは奈良屋に乱入し、乱暴の限りをつくします。

やがて神棚《かみだな》から、八幡宮の朱印状をさげおろして、庭のかがり火に投げた。

ぼっ、

と燃え、灰になった。

これで、奈良屋が大山崎八幡宮から許可されていた荏胡麻油の販売権は消滅したことになる。

その知らせが庄九郎の許に届きます。雑掌が献金を受けたのに、神官に取り次がなかったから、こういう結果になったのだ、と言って、庄九郎は雑掌を責めます。あらためて朱印状をいただきたい、と庄九郎は言いますが、神人たちが奪った営業権を神官としては復活させることはできない。それなら、奈良屋の屋号を山崎屋に改めるから山崎屋に朱印状をさげわたしてもらいたい、と言って、三日目に朱印状を受け取ります。

こうして、店の営業は続くことになったのですが、お万阿にしてみれば、「わたくしは奈良屋の女主人ではなく、単に嫁になりはてたわけたか」ということになって、庄九郎は奈良屋をまんまと乗っ取って山崎屋の主人になったのです。

ここで、『国盗り物語』の主題の一つが「座」というものに向けられていること、中世における商業制度の非合理に向けられていることに注意すべきであろうと思います。この点に司馬遼太郎がたんなる時代小説家ではない、やがて歴史小説家に変貌していく萌芽が認められるといってよいでしょう。

*

さて、斎藤道三、当時は山崎屋庄九郎ですが、いよいよ美濃を奪う野望をもって美濃に入ることになります。古くは壬申の乱、下って関ヶ原の戦いがあった美濃は交通の要衝であり、京都に近く、後に徳川幕府が成立したときにも、幕府は美濃のうち「十一万七千石を幕府直轄領《ちょっかつりょう》とし、あとの六十余万石は大名、旗本八十家にこまぎれにして分割してたがいに牽制《けんせい》させた。それほどの要国である」と司馬遼太郎は書いています。

鎌倉時代からこの美濃に封《ほう》じられている大名の土岐家が腐敗しきっていた、といいます。この小説によれば、土岐家の「殿様やその一族は、百年の無為徒食ですっかり無力化し、国政は家老がにぎり、その家老一族も貴族化して家老の家老が実権をにぎり、それもまた、逸楽に馴れて、世のうわさではどの人物も「糞便《ふんべん》を垂れる土偶《でく》」同然になって」いたそうです。松波庄九郎と名乗る武士姿になった後の道三は、まず鷲林山《しゅうりんざん》常在寺という寺院の日護上人を訪ねます。上人は妙覚寺時代の兄弟弟子ですが、美濃きっての実力者長井利隆の実弟なのです。庄九郎は日護上人のつてで長井利隆に会うことになります。長井利隆は美濃の守護大名の家老斎藤家の家老なのですが、下克上の世の中ですから、斎藤家をとびこえて、直接、土岐家の世話をやいています。

土岐家では、この時より前に、長男の政頼《まさより》と次男の頼芸《よりよし》との間で相続争いがあって、長井利隆が推した頼芸は破れて鷺山という場所に華麗な城館をつくり、鬱々と歌舞音曲に明け暮れていたので、長井利隆はかねて頼芸に推挙できる人物がほしいと願っていたのです。庄九郎ははじめて長井利隆に会ったのち、しばらく間をおいて、まず、日護上人の常在寺に馬十頭に積んだ砂金、永楽銭という莫大な寄進をします。そして、長井利隆に連れられて土岐頼芸に会い、弁舌や舞などで、土岐頼芸とその愛妾深芳野《みよしの》を魅了し、その上で、みごとな駿馬、唐錦《からのにしき》、蜀江錦《しょっこうのにしき》、紅《べに》、白粉《おしろい》など、堺《さかい》でなければ手に入らない貴重な品物を献上して、頼芸に取り入ります。頼芸は引出物として美濃の名門、西村家の名跡を継がせることとし、庄九郎は、頼芸に仕えることとなって、西村勘九郎と名を改めます。一度、京都に戻って、二條室町の辻に槍術という新奇な芸を見せる大内無辺という者に西村勘九郎の名で試合を申し入れて、大勢の見物人を集めて、無辺を破ります。当然、武術の達人という評判が美濃につたわることを計算した勝負です。

この勝負の後に美濃に戻りますが、この時には、長井利隆には粟田口鍛冶《かじ》の太刀《たち》を、土岐頼芸には「一匁《もんめ》の値が金より高いという程君房《ていくんぼう》の墨を、深芳野《みよしの》には大明《だいみん》渡来の白粉《おしろい》、その他土岐家の本家をはじめ美濃の豪族に洩れなく」贈り物をします。ひそかに深芳野と情事をもったりもした後、本家を継いでいる政頼の居城である川手城を攻めて頼芸を守護職にしようと企てます。城攻めまでの間に、城の下士どもと金銀を適当にばらまいて昵懇《じっこん》になっておくよう配下の者に手配します。「庄九郎の半生は、謀反《むほん》の連続で、その巧緻《こうち》さは謀反を芸術化した男、といっていいほどだが、これはその第一回のしごとである」とこの小説には書かれています。

そこで、西村勘九郎、後の斎藤道三は頼芸と賭けをします。二間離れた距離から駆けていって襖《ふすま》絵の虎の瞳に槍を突きさす、もし虎の瞳《ひとみ》をみごと突きましたなら、深芳野様を頂戴《ちょうだい》したい、そのかわり頼芸を美濃の国主にする、槍を仕損じたときは切腹する、という。みごとに槍を襖絵の虎の瞳に突きさして、深芳野を頼芸から奪いとるのです。やがて、政頼を追いはらって、頼芸を守護職につけ、頼芸も追いはらって、美濃の支配権を握ることになるわけです。

その詳細は省きますが、いかにして斎藤道三が美濃を支配するにいたったか、といえば、一つには本来の奈良屋、その後の山崎屋の財力ですし、もう一つは道三の文武両道に秀で、容貌、体躯にも恵まれた資質にあります。財力と個人的資質を縦横に使って、策略をめぐらし、次々に巧緻な手段を弄して、ついに野望を遂げるのです。

道三の政治については、彼は「美濃の蝮」という陰口に閉口して、「蝮なんぞで、あるものか」と、「自分の家来を厚く遇し、領民に他領よりも租税をやすくし、堤防を築き、灌漑《かんがい》用水を掘り、病いにかかった百姓には医者をさしむけ、かつ領民のために薬草園をつくった。美濃はじまっていらいの善政家といっていい」と、この小説には書かれています。あるいは、そうかもしれませんが、国盗り、ということにかけては、その悪辣さは、財力と超人的な資質を駆使した結果といってよいでしょう。そのように、この小説は書いているのです。

＊

『箱根の坂』の主人公、北条早雲は斎藤道三に比べれば、よほど氏素性のはっきりした人物です。斎藤道三は生年すら不明ですが、北条早雲はそういうことはありません。ただ、前半生をどう過ごしたかは必ずしも明らかになっていない。ですから、この小説でも、北条早雲、本来の姓名は伊勢新九郎が駿河に下るまでは、かなりに司馬遼太郎の創作が多いと思われます。

京都の伊勢家の本家の当主、伊勢貞親は将軍足利義政の政所執事であり、その支流である伊勢新九郎は将軍の弟足利義視の申次衆です。「申次衆というのは、貴人の身辺に侍《じ》して、諸大名などの依頼をその主《あるじ》に申しつぐ重職である」とあります。足利将軍家には殿中の儀典の礼式、作法があり、小笠原、今川、伊勢の三家が司っているのですが、とくに伊勢氏が殿中の作法の整備をしたので、伊勢氏の当主が諸大名を行儀で縛りつけ、将軍に拝謁するときなど、伊勢貞親の指示を受けねば、進退ができない、ということから、「小地頭《こじとう》ほどの所領もないのに、公方《くぼう》を手玉にとり、数ヵ国の大大名《おお》をこどものようにあやし、相手に力がないと見れば裏切ってつぎなる大名をあやつりなさる」といわれる権勢をもっていた、と書かれています。

したがって、伊勢新九郎は儀礼に通じており、伊勢氏が授けられている大坪流という秘伝の鞍作りをしています。時は一四六七年（応仁元年）です。伊勢新九郎は、貞親から、妹と思って面倒をみるように言われ、宇治川を遡った山奥の盆地、田原郷の尼寺に預けられていた女性、千萱《ちかや》のために仕送りをしてきていました。その千萱が美しく成人したことを聞いた伊勢貞親が足利義視に奉公させようと企て、田原郷から引き取ることになります。

田原郷の触れ頭大道寺太郎の命により、千萱につきそって、荒木兵庫、山中小次郎が京都へゆき、千萱を伊勢新九郎の許に届けることになります。伊勢屋敷にいくと、千萱は貞親のところに連れていかれ、残された二人が新九郎をたずねると、鞍小屋にいるという。鞍小屋は「古びた板ぶきに河原の石を置きならべ、小屋ぜんたいが傾き、戸も扉《とびら》もなく、荒《あら》むしろが二枚、出入口に掛けてあった」とあります。

兵庫と小次郎が、同時にむしろを上げて入ると、なかはすべて土間で、むしろが敷きつめられていた。鞍作りの材料に埋もれるようにして、痩《や》せた小男がこちらをにらみすえている。

齢のころは三十半ばで、右手に鑿、左手に木のかたまりをつかみ、両眼は削《そ》ぎあげたように切れ、灯火《ともしび》を入れたように光っている。

鼻梁《びりょう》は鋭く隆《たか》い。あごがとがり、唇は横一文字にひっ掻《か》いたようで、どこか、深山《みやま》の梢《こずえ》にとまっている猛禽《もうきん》のたぐいのような感じがしないでもない。

「わしが、伊勢新九郎という者だ」

一語一語、木に彫りつけるような言いかたでいった。

(このひとは、職人ではないか)

姿《なり》も、職人姿である。この時代のとりきめで、職人は武士や農民より賤《いや》しいとされている。しかし兵庫も小次郎も、雹《ひょう》で打たれたように体をちぢめ、辞儀《じぎ》をしてしまった。


と書かれています。斎藤道三、あるいは松波庄九郎とは大違いです。「小次郎は、落胆と不安で、目の前が霞《かす》む思いがした」とあります。新九郎は二人に手料理を振舞います。その十日も前から支度しておいた鮎からとっただしを使った汁や山の芋のだんごの味、それらをもりつけた薄手の白い磁器に呉須で染めつけた器、その心遣いに二人は感銘をうけます。

翌日になると新九郎は足利義視を訪ねます。二人は驚きますが、新九郎は義視の申次衆ですから、当然のことなのです。千萱は義視夫人に仕えることになりますが、そばに侍るだけの役目で、千萱自身が「貴人の装飾《かざり》なのだ」と感じています。「千萱は、心に暗いうさがつのるとき、謡《うた》をうたって淡々《あわあわ》と散らすのがくせだった。ふとわが身が浮草であることを思ったとき、謡が口をついて出ていた」。

こうして千萱は次の今様を歌います。これは『梁塵秘抄』の三四三番の歌謡と似ています。『新潮日本古典集成』版の『梁塵秘抄』の三四三番は行分けされていますが、ここでは行分けせずに、次に示します。

君が愛せし綾藺笠《あやゐがさ》　落ちにけり落ちにけり　加茂川に　川中に　それを求むと尋ぬとせしほどに　明けにけり明けにけり　さらさらさいけの秋の夜は

『箱根の坂』で千萱が歌う今様は、『箱根の坂』では行分けしていますが、やはり行わけしないで示しますと、次のとおりです。

君が愛せし綾藺笠《あやゐがさ》　落ちにけり　落ちにけり　さらさら　さいけの　秋の夜《よ》は　思ふて　詮《せん》のあるべしや

あるいは、司馬遼太郎は『梁塵秘抄』から引用したのではなく、後世になって刊行された刊本によっているのかもしれません。『梁塵秘抄』中の歌謡は、加茂川に落ちた笠を捜しているうちに夜が明けた、という意味であることがはっきりしていますが、『箱根の坂』に引用された歌謡は意味がとりにくいようにみえます。『梁塵秘抄』の時代から応仁の乱の時代まで、ほぼ三百年の間に歌詞が変化したのかもしれませんし、司馬遼太郎は変化した歌詞を収めている俗謡集、今様集から、この歌謡を採ったのかもしれません。ところが、数頁すすむと、次の今様が引用されています。（表記は『新潮古典文学集成』によります。以下も同じです）。

山伏《やまぶし》の　腰に着けたる法螺貝《ほらがい》の　ちやうと落ち　ていと割れ　砕けてものを思ふころかな

これは『梁塵秘抄』の四六八番と同じです。これは『箱根の坂』と『梁塵秘抄』との間に実質的な違いはありません。『箱根の坂』には、ざっと数えたところ、三十五首ほどの俗謡が引用されていますが、その中で、八首は『梁塵秘抄』から採られています。

また、引用は行分けしないこととして、示しますと、

来る来る来るとは、　枕こそ知れ　なら枕　物言はうには　勝事《しょうじ》の枕

は『閑吟集』の一八〇番の歌謡です。この歌の意味は「あの人が通ってきているということを、私のほかに知っているのはこの枕だけ。なあ、枕よ、その秘密をお前が人に喋ったら一大事だ

よ」といった意味だと『新潮古典文学集成』では注しています。このほか、一々挙げませんが、『箱根の坂』には『閑吟集』から三首の歌謡が採られています。『閑吟集』は一五一八年（永生一五年）の成立、室町小唄の珠玉を集めたといわれています。時期的には、まさに『箱根の坂』の時代に歌われていた俗謡ですから、この小説中の人物が歌うのにまことにふさわしい歌謡といってよいでしょう。

『閑吟集』と並んで室町小唄の珠玉といわれるアンソロジーが『宗安小歌集』です。この『宗安小歌集』から三首の歌謡が引用されています。九八番、一八五番と一九一番です。九八番と一八五番はいずれも「面白の都や」の章において引用されていますが、一八五番が面白いので、これだけをやはり行分けしないで示します。

　田舎人《ゐなかびと》なりやとて　何《なに》しに寝肌《ねはだ》の劣《おと》るべきや　なう、お休みあれ　富士《ふじ》の高嶺《たかね》の寝物語《ねものがたり》する、するが　面白《おもしろ》

寝物語を「する」と「駿河」とを掛けている戯れ歌です。『宗安小歌集』という俗謡のアンソロジーは久我権大納言敦通（一五六五〜一六二四）あるいはその叔父の日勝上人（一五四六〜八九）の編と言われていますから、伊勢新九郎、千萱の時代に『閑吟集』『宗安小歌集』の歌謡が歌われていてもふしぎではありません。

『箱根の坂』には『梁塵秘抄』『閑吟集』『宗安小歌集』からかなりの数の歌謡が採られているこ とを私は確認しましたし、その他、一遍上人の念仏踊りの歌なども引用されていますが、これらを含めても、相当数の歌謡の出典を私は確認していません。この小説で引用されているのに、これまでに私が出典を探しだすことができない歌謡は、たとえば次の歌謡です。行わけしないで、示すと、

闇や良や　やよ女子　闇夜に品は　柔肉のみぞ

というような、いかにも俗謡で、当時の民衆の体臭が感じられるような歌謡です。司馬遼太郎はずいぶんひろく渉猟してこれらの俗謡を探しだし、この小説中に挿入したのであろうと思います。時間をかければ出典を発見できると思いますが、出典を探しだすことには、あまり意味があるとは考えていません。

むしろ、司馬遼太郎が何故これほど多くの俗謡を蒐集し、『新古今和歌集』などの和歌を引用せずに、この小説中で俗謡を引用したのかを考えてみる必要があると考えているのです。おそらく、この小説の主題が、もはや守護、地頭の時代が終わって、民衆の時代が来たのだ、政治は民衆のためにあるのだ、ということにあるためではないか、と思われます。これこそが、この小説の主題である、と私は考えているのです。

＊

じつは、ここまではこの小説の序章であって、伊勢新九郎、後の北条早雲が駿河に下ってから、この小説の本章が展開するのです。千萱の臥所に駿河の守護職今川義忠が夜毎に通うようになり、千萱は義忠とともに駿河に下ります。「文明五年（一四七三）、応仁ノ乱の両軍の首魁《しゅかい》は相ついで死に、伊勢氏の氏《うじ》の長者である伊勢貞親もその年に死んだ。旧主義視《よしみ》は没落し、新九郎・早雲がこの世で足場にしていた存在はすべて存在しなくなった」といいます。

早雲は駿河に旅し、たまたま小川法栄という駿河にいながら対明貿易に関与している富裕な商人と知り、互いに信頼し合う交わりを結ぶことになりますが、今川義忠、千萱には会わずに帰京します。千萱の生んだ嫡男竜王丸が七歳になったとき、小川法栄が自ら上京、今川義忠は討ち死にし、跡目をねらう野心家や、その後押しをする地頭、国人、地侍にとって「幼少の当主では大国を支えられぬ」という口実で、「このためにおのれがとってかわるか、それとも今川館《やかた》に押しかけて後見人《こうけんにん》になり、機を見て幼主を殺し、家をうばってしまうという例が、諸国に数多い。今川家とその領国に、当然、大騒ぎがおこっているにちがいない」という情勢です。

そこで、法栄が早雲に駿河に下向してもらいたい、とたのみます。千萱こと北川殿と竜王丸は法栄がかくまっているが、「今川ご一門のどなたであれ、竜王丸さまを弑《しい》し奉ったお人がつぎの守護になられます」と法榮はいい、千萱が頼るべきは京の兄のみと言っている、と伝えます。そこで、早雲は駿河に赴くことになります。

早雲、伊勢新九郎は、駿河に下ることに決めても、直ちには京を発ちません。「まず、容儀をととのえねばならなかった。容儀の第一は、家来をもつことであった」とあり、扶持《ふち》も知行《ちぎょう》もないのに、家来になってくれ、と田原郷の触れ頭大道寺太郎を訪ねる。「この田原郷にとって千萱《ちかや》は何であるか」と問われて、大道寺太郎は「弘誓《ぐぜい》の仏《ほとけ》と思うておりました」と答え、田原郷の荒木兵庫と山中小次郎の二人と共に家来となり、伊勢の津の小川法榮の持蔵に立ち寄る。手代の多目権平は「あるじ（法榮）が、ご滞留中は早雲どのの執事のように御用をつとめ奉《たてまつ》れ」と申しているといって、家来に加わります。在竹大蔵、荒河又次も津で早雲の家来に加わり、早雲以下七名が船で駿河に下向することになります。

駿河に到着すると、法榮の屋敷で、竜王丸とその母、いまは北川殿と呼ばれている、かつての千萱と面会します。今川家の本来の居城である駿府城には、竜王丸の父、今川義忠と祖父を同じくする今川範満《のりみつ》が守護然として占拠しています。範満の母は関東管領、上杉（扇谷）定正の叔母にあたります。やがて、早雲は上杉定正の家老、太田道灌と親交を結ぶこととなり、道灌のはからいで、竜王丸が成人するまでは、後見《こうけん》として範満が駿河国を切り盛りする、早雲は竜王丸の執事として仕える、早雲は駿河国の東のはしに近い、いまの沼津付近、箱根越えの根もとに位置する、興国寺城を預かることとなり、竜王丸と北山殿は駿府の西方、丸子の奥の泉谷という山峡に居館を新築して住むことになります。

これから早雲の治世が始まります。以下、この小説からの引用です。

＊

早雲は、変った男だった。

城主でありながら、百姓のような笠《かさ》をかぶり、素足《すあし》同然の足ごしらえで、あきもせずに領内十二郷をまわっていた。

——あのようななさり方では、いしめしがつかぬ。

と、あらたに興国寺侍になった大道寺太郎らが不安がった。

このことについて大道寺太郎は、いさめたことがある。

「上《かみ》にある御人は、みだりに御人体《ごにんてい》を下々《しもじも》にお顕《あらわ》しになっては、威というのが付きませぬ」

「そのとおりだ」

早雲は、いった。

「しかし、わしはちがう」

十二郷の百姓どもの百姓頭《がしら》になり、この地を駿河《するが》では格別の地にしたいとおもっている。

威などは、公方《くぼう》、守護、地頭がもてばよい。

早雲は農事の面倒をよく見た。若い寡婦《かふ》がいればよき夫をさがしてめあわせてやり、郷々の利害のあらそいにはじかに首をつっこんで調停し、排水のできそうな土地を見ると、村々から次男、三男を募《つの》り、銭を貸して工事をさせ、新田をひらいて住まわせた。

また、式目《しきもく》（法規）というものを好んだ。扶持《ふち》をあたえている侍にはかれらのための式目をつくり、また百姓には百姓の式目をつくった。また、侍にも百姓にも、読み書きを勧《すす》めた。

租税は安かった。

この安さは隣国の伊豆の百姓たちにまできこえていたほどで、他国ながら伊豆には早雲の名を慕う者がすくなからずいた。このことはのち早雲を利することになるが、この時期、そこまでを計算して自分の領内の租税を安くしていたわけではなかった。

すこし省略して、また、引用します。

早雲が駿河に下向《げこう》して興国寺城主になったのは、文明八年、四十五歳のときである。歳月が流れて、この年、文明十七年、五十四歳。九年というあいだ、一度も春も来ず、夏も来ず、秋も冬もなかったような顔をし、凝然《ぎょうぜん》と石に化《な》ったようにして暮らした、妻子なく、家もなく。

――ただ、竜王丸《たつおうまる》様の成人を見とどける。

という一点に終始している。

以下は早雲の竜王丸、成人した今川氏親《うじちか》の教育のための問答です。

「わしにとって、世とはなにか」

と、氏親はきいた。

「わしとは、誰《たれ》のことでござる」

こんどは早雲が問いかえした。

「今川氏親」

「その名は、何のための名でござる」

と、早雲はさらに問う。

「駿河国《するがのくに》の守護。……まだなってはおらぬが」

「守護たるべきお人は、何のためにこの世に存《おわ》すか」

「民のためでござる」

と、氏親が答えた。早雲がかねがね教えつづけてきたことである。

「民のためのほかは?」

と、早雲が、復習を強《し》いるようにきいた。

「ない。なにもない。ただそれだけのことのために守護はある。いつか、そちはそう申した。ちがうか」。

さらに、引用します。

早雲は、去年から氏親に百姓を見習わせるようにした。姿を変え、朝比奈太郎の領内の百姓の手伝いをさせてきている。

「泥田に入って苗を植え、虫を追い、やがて鎌《かま》をふるって稲を刈り、そのあいまに手につばきして縄をない、むしろを編むことをお知りあそばせば、いままでの今川殿とちがったお屋形様ができましょう」

それが早雲の考え方だった。ちがった守護職にならねば、国人や地侍《じさむらい》の心もわからず、ついには国をうしなう、というおそれが早雲にある。

やがて早雲は今川範満を討ち取り、氏親を駿府城に迎えます。

この日の盛儀は、すばらしいものだった。

氏親と北川殿が朝比奈館を出、丸子《まるこ》を経たころから、沿道に出むかえた国中の侍、神官、僧侶《そうりょ》がみな土下座し、あらそってつき従った。駿府に近づくと人のむれは大きくなり、百姓、漁夫もこの列に加わった。

「駿河一国のうまれかわる日ぞ」

ということばを、あらかじめ早雲が国中の侍という侍に吹聴《ふいちょう》しておいたために、たれもがその気になっていた。なぜ、どのように生まれかわるのかは、当の氏親も早雲もよくわからないが、しいていえば、

「駿河一国は百姓（地侍《じざむらい》・国人《こくじん》を筆頭としている）の持ちたる国」

という国一揆《くにいっき》の気分だった。

この小説によれば、守護は外部（幕府）から任命されて領主権を得たもので、国内の慣習、実情、利害から超然としていながら、じつは、欲深《よくふか》に収奪して国人という地生《じばえ》の村落領主層の反感を買った、といいます。

この後、早雲がわずか三十日で伊豆を平定し、そのさい、年来、重かった年貢を一挙に軽くし、興国寺並に四公六民とし、しかも、「もし諸役人や知行主《ちぎょうしゅ》が法にそむいた取り立てをしたり、しいたげたりするようなことがあれば、直接わしに訴え出よ。わしがかれらの罪をただす」とさえ言った、と書かれています。「自分の施政について直接農民と約束するやり方も、減税という布

告の内容も、日本国はじまって以来のことではなかったか」と作者は言います。

この伊豆平定から箱根の坂を越えて小田原を攻略し、相模国一円を支配するにいたるまで、じつに小説として興味ふかく展開するわけですが、ここでは省くことにします。

私が申したいことは、『箱根の坂』においては、四公六民という税制にみられるような、民衆のために領主があり、治世がある、という政治姿勢によって、北条早雲は伊豆、相模をその支配下においたのであって、その点で、『国盗り物語』の斎藤道三とはまったく手段も違えば、理念も違うということなのです。

＊

『国盗り物語』の前編、斎藤道三の物語は一九六五年（昭和四〇年）に執筆され、同年暮れから翌年初めに単行本として刊行されています。これに対して、『箱根の坂』は一九八二年（昭和五七年）に連載され、翌年、単行本として刊行されています。『箱根の坂』を書いたときにはすでに『菜の花の沖』を書き終えていますし、唯一の現代小説『ひとびとの跫音』も書き終えています。すでに『街道をゆく』の連載もはじまっています。

『国盗り物語』を書いてから二十年近い年月が経ち、いわば、政治とは何か、国家とは何か、といった関心から『箱根の坂』が書かれたことは間違いないでしょう。似たような素材からまったく違った思想、主題を語ったことに私は司馬遼太郎の成熟を見るのです。

後記

昨年秋、実質的に三年を越えた仕事に一区切りをつけたとき、しばらく気分転換をはかりたいと考えた。

そのとき、司馬遼太郎記念館で昨年四月、「ロジェストヴェンスキー大航海」と題して『坂の上の雲』と吉村昭『海の史劇』を比較した講演をしたことを思いだした。本書の冒頭に収めたものは、その講演の原稿だが、時間に制約があり、実際の講演はこの原稿の半分ほどを拾い読みすることしかできなかった。それが心残りだったので、機会があれば、完全原稿を公刊したいと考えていた。

この原稿を思いだしたとき、多年読み続けてきた司馬遼太郎の作品については、同様の趣向で、なお若干の作品を考察したら気晴らしになるのではないか、と考えた。こうして書き上げたのが本書の諸稿である。これらはもちろん世に問うつもりはなく、気儘に思いつきを記したものにすぎないから、自費出版し、私家版非売品として限られた友人知己にお配りするつもりであった。

そこで、私家版の製作を青土社にお願いしたところ、同社の清水一人さんから、むしろ、司馬遼太郎の読者にもひろく読んでいただけるようなかたちで公刊すべきではないか、と強く説得され、結局、このようなかたちで公刊するに至ったものである。

私としては、この気晴らしの著述が読むにたえるものであるかどうか危惧している。ただ、司馬遼太郎を理解する一助となるかもしれないという自負もないわけではない。たぶん、そうした自負を捨てきれないために、清水一人さんの説得に応じることになったのであろう。とはいえ、自負にいかなる客観性もないことも承知している。校正を終えたいま、自負がまったく主観的なものであったことを痛感したが、いまさら致し方もない、と考えている。

なお、司馬遼太郎の作品の引用はすべて文庫本によっている。出版にあたってご苦労おかけした西館一郎さんにお礼申し上げる。

二〇〇九年四月

中村　稔

司馬遼太郎を読む

2009年6月10日　第1刷印刷
2009年6月15日　第1刷発行

著者——中村 稔

発行人——清水一人
発行所——青土社
東京都千代田区神田神保町1-29　市瀬ビル　〒101-0051
電話　03-3291-9831（編集）、03-3294-7829（営業）
振替　00190-7-192955

本文印刷——ディグ
表紙印刷——方英社
製本——小泉製本

装幀——菊地信義

ISBN978-4-7917-6481-5　Printed in Japan

中村 稔の本

私の昭和史

生きることの輝きと苦渋。十五年戦争下の少年期と思春期、迫り来る死を目前に自由な生を求める心の軌跡……。社会と文学への早熟な目覚め、多彩な友情空間の回想をつうじ、敗戦に至る濃密な時代の痛みを透視する鮮烈な鎮魂の記録。
朝日賞　毎日文化賞　井上靖文化賞　受賞

私の昭和史・戦後篇 上・下

生活基盤を喪失した敗戦後、占領下の焦土に真摯に生きた青年たち。内外の動乱期の政治的、社会的事件における権力の策謀。昭和の戦後の実体を凝視しながら、詩人として弁護士として歩み始め、やがて迎える青春の終焉。

青土社